화려하고 복잡한 걸작을 요리할 필요는 없다
다만 신선한 재료와 좋은 음식을 요리하라

줄리아 차일드 Julia Child

식탁의
위로

식탁의
위로

밥 한 끼로 채우는
인생의 허기

최지해 지음

지식인하우스

오늘도 준비 중입니다

요리의 최대 성과를 꼽으라면 내 입맛대로 해 먹는 '음식'이지만, 요리는 의외로 소소한 기쁨을 주기도 한다. 일과 사람에 치여 힘든 세상에서 요리 만큼 가장 빠르고 쉽게 성취감을 주는 것이 없다. 맛의 여부에 상관없이 접시에 담긴 음식을 보면서 스스로를 칭찬했고, 맛있게 된 날은 황홀하기까지 했다.

요리에 의미를 부여하자면 끝도 없다. 하지만 보통은 요리에 이렇게까지 의미를 부여하진 않는다. 맛있는 음식은 먹고 싶지만 요리는 하기 싫고, 맛있는 음식을 보면서는 어느 가게를 가야 저 음식을 맛볼 수 있을지 고민한다. 그럼에도 나는 오늘도 식탁을 준비 중이다. 요리의 당위성은 차치하고라도, 요리는 식재료를 가장 맛있고 알차게 먹을 수 있는 유일한 수단이자 행위이기 때문이다. 요리가 주는 기쁨에 대해, 접시 너머의 것에 대해 떠올려 보기 위해, 많이 먹는 것이 아닌 잘 먹는 것에 대해 생각해 볼 여지를 주는 것도 결국 요리라는 행위다. 반드시 음식을 직접 해먹어야 한다거나 친환경, 유기농 식재료만 먹자는 이야기는 아니다. 식당에서 끼니를 때우든, 배달 음식을 먹든, 관행으로 농사를 지은 것이든 내 입으로 향하는 음식의 여정을 되새기는 그 첫 걸음이 요리였다는 나의 경험담을 나누고 싶다.

이 책에는 식탁을 준비하는 과정을 담아 보았다. 보글보글 음식이 끓는 냄비를 보면서 떠오른 생각을 뜨끈한 국으로, 생산자를 따뜻한 밥 한 공기 삼아, 그리고 맛에 대한 지난 기억과 추억을 반찬 삼아 식탁을 준비하는 과정을 말이다. 생협에 근무하면서 느낀 한 번쯤은 생각해 봤으면 하는 이야기도 짧은 식견이지만 양념 삼아 내어 보았다.

아직 음식이 서툴고 조미료를 넣지 않아서 구미를 당길 만한 맛을 보장하진 못한다. 하지만 천천히 음미하다보면 담백하여 속이 편할 것이다. 정성스레 준비한 나의 식탁, 부디 맛있게 드시길 바란다.

어느 맛있는 하루에

최지해

차례

요리로 사람들의 삶을 위로하고
나도 거기서 힘을 얻는다

영화 「아메리칸 셰프」

힐링 요리로 차리는
치유의 식탁

1부

편견을 깨면
부풀어 오른다

"말도 안 돼. 제가요?"
"네 적성이 '요리'라는 게 말이 안 될 건 또 뭐야?"

수능이 끝난 겨울, 사주 카페에 있던 나와 A는 그대로 얼어 버
렸다. 점쟁이 아주머니가 긴긴 고심 끝에 내놓은 대답 때문이
었다. 물론 사주로 진로를 확인하는 것 자체가 황당하고 우스
꽝스러운 일이긴 하다. 하지만 사회 경험은커녕 제대로 된 배
짱 하나 없는 열아홉 소녀가 할 수 있는 것이라곤 불투명한
미래에 대한 불안을 끌어안은 채 점치는 것뿐이었다.

"아무리 그래도 그렇지 말이야. 달걀 프라이 한 번 제대로 해
본 적 없고, 하물며 라면 끓일 물도 못 맞추는 나한테 요리가
적성이라고 한 거야? 그게 정말 말이 된다고 생각해?"

카페를 나선 후에도 거의 같은 내용의 질문을 반복하며 애꿎은 A를 괴롭혔다. 잠자코 내 반박을 들으며 한참 생각에 잠겨 있던 그녀가 말했다.

"너 먹는 거 되게 좋아하잖아. 못할 건 또 없지 않나."

…어쩜 이리 반박조차 하지 못하도록 맞는 말만 하는지. A의 대답을 듣자마자 그만 멈추지 못하고 웃어 버렸다. 전혀 말이 안 되는 건 아니었다. 먹는 걸 그렇게 좋아하는데 '해' 먹는 것이 이상하다는 게 더 이상했다. 하지만 그것도 잠시, 잘하는 게 오죽 없으면 요리라고 했을까 싶어 또다시 기분이 상했다. 한때는 장래 희망을 쓰는 칸이 고작 한 칸뿐인 것을 교육부에 따져 묻고 싶을 정도로 꿈이 많았지만, 단언컨대 그중에 요리는 없었다.

우연인지는 모르겠지만 그날 이후로 요리와 더욱 멀어졌다. 대학생이 되어서는 주로 밖에서 끼니를 때웠고, 집에 있을 땐 엄마가 밥을 차려 주니까 딱히 요리할 기회가 없었다. 조금 더 솔직히 말하자면 요리를 의식적으로 피했다는 것이 맞다. 부엌에 발을 들이면 마치 그 점쟁이 아주머니의 말이 전부 사실이 될 것 같아 겁이 났기 때문이다.

요리와는 전혀 상관없는 새로운 시작을 앞두고 있을 때에도 스멀스멀 떠오르는 그 말은 꽤 오래도록 나를 괴롭혔다. 시간이 흐르고 직장 생활을 하면서도, 정기적으로 찾아드는 고비를 넘길 때마다 마치 증명이라도 하려는 듯 '거 봐. 이렇게 다른 진로로 잘 먹고 잘 사는데 내가 무슨 요리?'라며 안도했다.

잊을 만하면 점쟁이 아주머니의 말이 떠오르는 상황이 십 년 가까이 계속되다 보니, 문득 적성이 요리라는 말에 왜 그렇게까지 학을 뗐던 것인지 궁금해졌다. 솔직히 고백하자면 그때만 해도 요리라는 건 누구나 할 수 있는 '하찮은 것'이라고 여겼던 것 같다. 지금이야 요리 자체만으로도 콘텐츠가 되는 시대이지만 그때는 상황이 좀 달랐다. 요리란 것은 하기 싫어도 꼭 해야만 하는 살림의 흔한 전술 중 하나일 뿐이었다.
특별한 삶을 살아야 한다는 생각이 강했던 나는 요리 '따위'가 삶의 중심이 되어서는 안 된다고 생각했다. 좀처럼 요리가 하찮은 것이라는 편견을 버리지 못했다. 그런데, 시멘트처럼 단단하게 굳어 깨질 것 같지 않던 편견은 의외로 순식간에 깨졌다.

이십 대 끝자락에 서 있던 때였다. 전공 공부를 깊게 해보겠다며 돌연 회사를 그만두었다. 엄마는 한숨을 쉬면서도 다 큰 백

수 딸내미의 밥을 꼬박꼬박 차려 주었다. 산발한 머리로 차려진 밥상을 넙죽넙죽 받아먹는 것도 하루 이틀이지, 점점 눈치가 보이다 못해 나중엔 그 작은 밥알이 목구멍에 턱 걸려 넘어가질 않았다. 그렇게 머리털 나고 처음으로 자의에 의해 부엌 문턱을 넘어 보았다.

달걀 프라이를 시작으로 점점 자신감과 속도가 동시에 붙기 시작한 나는 어느새 포슬포슬한 스크램블 에그도 척척 해내고, 각 잡힌 달걀말이도 뚝딱 만들어 냈다. 그즈음 비슷한 취미나 생각을 가진 사람들과 모여서 환경, 사회, 문화 등에 관해 자유롭게 이야기를 나누기도 했다. 모임에서는 항상 맛있는 음식이 빠지지 않았는데, 음식을 두고 다양한 주제와 연결지어 토론하는 것은 자연스러운 일이었다. 먹을거리의 가치를 중요하게 여기기 시작한 것이 이때부터였다. 접시 너머의 것에 대해 헤아리게 되면 맛있는 행복을 더 정교하게 누릴 것 같은 확신이 들었다.

그렇게 십 년이 지난 지금, 가장 좋아하는 것으로 '요리'를 꼽을 정도로 누구보다 요리를 즐기며 살고 있다. 그런데도 여전히 주방에는 또 한 가지 편견이 존재했다. 그건 바로 제빵은 어려운 것이라는 편견이었다. 천성이 덜렁이다 보니 계량과 시간이 생명이라는 제빵은 감히 도전할 수 없는 영역처럼 느껴졌다. 하지만 요리에 대한 편견과 마찬가지로, 이 편견이 깨지는 것도 순식간이었다.

첫 제빵을 앞둔 그날의 아침을 똑똑히 기억한다. 간밤에 몸집만큼 부푼 커다란 스콘이 등장해 괴롭히는 악몽을 꾸었기 때문이다. 도대체 이게 뭐라고? 긴장과 비장함마저 감도는 주방에서 오랜만에 사주를 본 날을 떠올려 보았다. 얼마나 잘하면 요리가 적성이라고 했을까. 그날을 생각하자 다시 자신감이 충만해져 밀가루와 버터, 우유를 넣고 섞기 시작했다. 얼마나 긴장을 했는지 손목에 잔뜩 힘이 들어가 금방 뻐근해졌다.

오븐에 스콘 반죽을 넣고 문을 닫고 나서야 정신을 차려 둘러본 주방은 그야말로 난리가 났다. 하얀 밀가루와 반죽 덩어리가 여기저기 흩어져 있었다. 혹독한 신고식을 치른 흔적이 역력했다. 설렘, 기대, 긴장, 초조, 불안, 흥분 등 오만 감정이 널을 뛰던 마음이 마치 스콘 반죽처럼 거칠게 뒤섞인 것 같았다. 스콘이 봉긋하게 솟을 때까지는 15분을 기다려야 한다. 아무것도 하지 않고 그 시간을 기다려 봐야 초조해질 뿐일 테다. 마음을 다잡기 위해 설거지를 시작했다. 하지만 설거지를 하는 내내 신경은 온통 오븐으로만 향해 있었다. 행여나 밀가루 사이에 겹겹이 자리한 버터가 부풀어 오르는 소리를 놓칠까 최대한 조용히 접시를 닦았다. 물이 뚝뚝 흐르는 고무장갑을

긴 채, 눈은 보이지도 않는 오븐 속을 비집었다. 10분이 지나도 고요하기만 한 오븐을 들여다보니 슬슬 불안해지기 시작한다.

얼마나 지났을까. 순식간에, 정말 순식간에 고소한 버터 향이 주방에 번졌다. 하지만 오븐을 열어 보기 전까지 성공을 확신하긴 이르다. 알람이 울릴 때까지 차분히 기다리기로 했다. 딸기잼, 클로티드 크림 순으로 얹어 먹을까 아니면 그 반대로? 영국에선 이걸로 논쟁이 붙기도 한다지? 차는 무엇으로 할까? 지금은 저녁이라 홍차나 커피를 마시면 오늘 밤 잠을 설칠지도 모르는데….

성공과 실패 사이, 냉탕과 온탕 사이에서 이제 스콘을 확인할 때가 되었다는 소리가 땡! 하고 적막을 깼다. 심장이 요동치기 시작한다. 만약 기대한 만큼 부풀지 않고 빈대떡처럼 푹 퍼져 있으면, 아니면 밀가루 반죽 그대로인듯 허옇거나 꺼뭇한 스콘이 되어 있으면 어떡하지? 일어나지도 않은 일 앞에서 걱정부터 하고 보는 호들갑은 주방에서도 마찬가지였다.

애써 흥분된 마음을 가라앉히고 오븐의 문을 반쯤 열어 보았다. 진한 버터 향이 코끝을 스치자 절반의 성공을 확신할 수 있었다. 이번엔 문을 완전히 열어젖혔다. 아예 오븐 안에 들어가기라도 할 기세로 요리조리 몸을 비틀며 스콘의 상태를 확인했다.

적당히 바른 달걀물 덕에 겉은 반질한 갈색으로 변해 있고, 잘 부풀어 올라 옆엔 크랙도 생긴 것이 제법 모양이 났다. 스콘을 접시에 옮겨 담고 크랙을 따라 반으로 갈랐다. 뜨거운 김이 새어 나왔다.

스콘을 한 입 베어 물자 촉촉한 속살과 고소한 버터 향이 순식간에 입안으로 퍼졌다. 순서를 따질 틈도 없이 클로티드 크림을 바르고 딸기잼을 얹었다. 적어도 지금 이 순간만큼은 머나먼 영국 땅에서 일어날 논란 따윈 모를 일이다.

뜨거운 스콘을 이 손 저 손 옮기는 호들갑을 떨면서 묵직한 덩어리를 또 한 번 입에 넣었다. 다시 한번 고소한 성공을 음미한다. 편견을 깨고 난 반죽이 먹음직스럽게 부푼 모습을 두 눈으로 확인하고 나니 스스로가 대견해 미칠 지경이었다.

첫 제빵 성공 이후 나는 더 자유로이 주방을 누볐다. 주로 남편과 먹을 음식을 하다 보니 그의 취향을 유심히 살피게 되면서, 남편과 나는 식탁에서 더 가까워졌다. 잼이나 빵, 장아찌 같이 오래 두고 먹을 수 있는 음식을 만들 땐 넉넉히 해서 친구나 동료와 나누곤 하는데, 이것도 상대가 무얼 좋아하고 싫어하는지 꿰고 있어야 가능한 일이다. 설탕 한 스푼을 가감할 때마다 타인의 입맛과 취향을 떠올리며 엄청난 집중력을 발휘한다. 대체 이렇게 섬세하고 고귀한 행위를 왜 하찮은 것이라고 여겼던 걸까?

주방은 편견을 가장 빠르고 극명하게 느낄 수 있는 공간이기도 하다. 음식 하나를 두고 요리의 난이도를 가늠한다거나 마냥 어려워 보여도 실전을 통해 의외로 쉬운 요리였음을 깨닫는 재미를 느낄 수 있다. 반면, 설탕 한 스푼, 소금 반 스푼이라는 모호한 한끗 차이로도 음식의 맛이 달라진다는 걸 깨닫게 되면 오히려 요리가 쉽다는 생각은 쏙 들어간다. 공을 들인 딱 그 정도만 맛이 나는 경우도 있지만, 때로는 '얻어 걸린 맛'이라는 행운을 느낄 수 있는 곳이 또 바로 이 주방이다.

주방에서 쌓인 경험치는 자신이 선호하는 식재료나 음식 종류, 맛 등으로 축적되면서 먹고 사는 패턴을 그린다. 마치 삶의 축소판과도 같다. 계속해서 주방을 들락날락거리다 보면 잘 먹고 사는 것 자체가 경이로운 것이라는 방치된 사실을 깨달을 수 있다.

'사주의 날'로부터 16년이 흐른 지금, 잘하는 것과는 별개이긴 하지만 어쨌든 나는 요리를 즐기는 사람이 되었다. 먹을거리와 농업의 가치를 중요하게 생각하는 회사에 입사했고, 심지어 이렇게 먹고 사는 이야기를 주제로 글을 쓰고 있다.

여전히 요리 하나에 큰 의미를 부여하거나 지나치다 싶을 정도로 깊고 다양한 상상력을 발휘하곤 한다. 요리가 하찮다는 편견을 깨고 난 이후로 색다른 감정을 누리고 사는 것이다. 앞으로 어떤 삶이 펼쳐질지는 모르겠지만 적어도 지금은 그 점쟁이 아주머니의 말이 아예 틀린 말은 아닌 것이 되었다.

더 큰 희열이 부풀게 하는, 주방의 편견은 참 위대하다.

제빵은 어렵다는 편견을 깨다
담백한 우리밀 스콘

준비물 우리밀가루 280g, 소금 1/4작은술, 마스코바도설탕 2작은술, 베이킹파우더 1작은술, 차가운 버터 90g, 우유 110mL, 레몬즙 1작은술

① 우리밀가루와 소금, 설탕, 베이킹파우더를 섞고 체로 곱게 걸러 줍니다.

② 큐브 모양으로 조각낸 차가운 상태의 버터를 녹지 않도록 스크래퍼로 조각내듯 잘라 넣습니다.

③ 버터가 콩알만 해지고 소보로처럼 촉촉해졌을 때 우유와 레몬즙을 넣고 뭉쳐 줍니다.

④ 뭉친 반죽을 서너 번 접어줍니다. 수제비처럼 반죽을 치대면 스콘의 크랙(결)이 사라지므로, 반드시 접는 느낌으로 작업합니다.

⑤ 반죽을 밀대로 편평하게 밀고 원하는 모양으로 성형합니다.

⑥ 물과 소금을 살짝 푼 달걀을 붓으로 반죽에 발라 줍니다.

⑦ 190도로 예열된 오븐에서 15분~20분 굽습니다.

♣ 우리밀은 글루텐 함량이 적어서 베이킹 재료로 선호하지 않지만, 우리 땅에서 나고 자라서 우리 몸엔 더 나을 겁니다. 따라서 시중 스콘보다 가볍고 담백하며 잘 부서지지만, 고소하고 은은한 풍미를 느낄 수 있습니다.

고명과
면발 사이

"나는 김치찌개에 든 돼지고기는 안 먹어요."

"어머, 왜요?"

"육수 낸다고 맛이고 뭐고 다 빠졌을 거잖아. 씹을수록 텅텅 빈 맛이랄까."

보글보글 끓는 양푼 김치찌개를 앞에 두고 P가 말했다. 돼지고기와 소고기라면 환장하고 먹던 한때, 김치찌개에 들어간 고기를 유난히 좋아했던 나는 그녀의 말에 내 귀를 의심했다. 오랫동안 끓여서 부드럽고 담백한 속살에 짭조름하게 밴 칼칼한 국물, 여기에 미끄덩한 김치 한 점을 돌돌 말아 한입에 넣으면 그야말로 환상의 맛이다.

사실 감칠맛 나는 찌개 국물은 퉁퉁 불은 돼지고기의 희생 덕분이다. 그러니까 찌개에 든 돼지고기는 국물의 맛을 내주면서 고명으로도 맹활약하는 아주 고마운 존재임이 틀림없다.

그런데 이 고기를 먹지 않는다니!

대기업에서 오래 근무했던 P는 당시 내가 다니는 회사로 이직한 지 얼마 되지 않았던 때였다. 체계적인 업무 환경에서 근무했던 P는 소위 말하는 실속 없는 일, 그녀의 표현을 빌자면 '인풋에 비해 아웃풋이 덜 한 일'에는 쉽게 손을 뗐다.

당시의 회사는 이제 막 발을 뗀 스타트업 기업이라 일의 체계는커녕 어정쩡한 분위기에서 닥치는 대로 일을 해야만 하는 상황이었다. 이따금 그녀는 비효율적인 업무 방식에서 느끼는 답답함을 토로했다. 하지만 체계와 효율의 필요성을 앞세우며 일을 진행조차 않는 그녀가 불편한 건 회사 측도 마찬가지였을 테다.

P를 상사로 맞이하며 배운 점도 많았지만, 자괴감에 괴로운 적도 여러 번 있었다. 전공을 살려 하던 일을 그만두고 이 업계에 발을 들인 지 얼마 되지 않았던 나는, 이십 대 후반에 다시 신입 사원이 된 것이나 다름없었다. 매사에 위축되고 소심해져 있었다. 익숙하지 않은 업무인데다가 과연 내가 잘하고 있는 것인지 자신할 수 없었기 때문이었다. 이런 상황에서 항상 누군가를 평가하기 바쁜 그녀를 보고 있자니 묘한 기분이 들었다. 과연 나를 어떻게 평가하고 있을지 의식하지 않을 수가 없던 것이다.

"C씨는 참 성실하고, K씨는 꼼꼼해서 좋아. 그런데 둘 다 문제가 좀 있어. 왜? 뚜렷한 성과가 없거든."

그녀의 도마 위에 올라 평가당한 사람들은 아주 다양했는데, 놀랍게도 '다 좋은데 약간 문제가 있는 직원'이라는 한결같은 결론이 났다. 대체 그 뚜렷한 성과의 기준이 무엇인지, 그리고 성과라는 것에 기다림이나 도전이라는 항목은 없는지 반문하고 싶었지만 차마 입이 떨어지지 않았다.

나 역시 매뉴얼이라곤 찾아볼 수 없는 업무가, 돌발 상황은 오로지 담당자의 감과 순발력에 의지하는 구조가, 체계라고는 눈곱만큼도 없는 이 작은 회사가 불만스럽긴 마찬가지였다. 신입으로선 감당할 수 없을 정도의 커다란 책임이 생기거나, 반대로 이러려고 입사했나 싶을 정도의 허드렛일을 하기도 했다. 분명 각자의 직무에 맞게 채용되었을 테지만, 막상 일이 닥치면 직무의 경계 없이 처리해야 했다. 그러니까 상황에 따라 고명이 되기도 하고, 또 어떤 날은 육수를 내다가 퉁퉁 불은 고기가 되기도 한 것이었다.

하지만 이 모든 단점에도 불구하고 직원 대부분이 헌신적이었던 이유는 이곳이 추구하는 가치에 동의했기 때문이었다. 내가 고명용인지 육수용인지 따지기 전에, 맛있는 김치찌개

를 만들기 위해서 기꺼이 냄비 안으로 뛰어든 것이었다. 개인
이 아닌 전체의 성과를 위해 조화롭게, 묵묵히 그렇게 자기 일
을 해내면서 말이다. 모두가 이렇게 일하는 와중에 개인의 성
과로만 사람을 평가하는 P가 내심 야속했다.

육즙이 빠졌다는 이유로 김치찌개에 든 고기를 먹지 않는다
고 말하는 모습을 보다 결국 쓴웃음이 새어 나왔다. 그녀의 말
마따나 오로지 성과만을 위한다면 돼지고기는 한껏 달아오른
불판으로만 직행해야 할 것이다. 눈앞의 찌개처럼 오랫동안
끓다가 퉁퉁 불어 버린 채 나설 것이 아니었다. 하지만 돼지고
기를 구워만 먹다 보면, 국물이 진국인 김치찌개는 평생 맛볼
수 없게 될지도 모를 일 아닐까. 심지어 '인풋 대비 아웃풋이
많은 일'의 논리대로라면 여러 번 간을 볼 것도 없이 적은 양
으로 짧은 순간에 맛을 끌어올리는 조미료만이 유일한 해결
책일 것이다.

우리의 주방에서 김치찌개에 든 돼지고기만큼, 아니 어쩌면
그보다 더 저평가된 식재료가 또 있다. 그건 바로 '다시마'와
'표고버섯'이다. 일부 고기는 먹지 않는 자발적 편식을 시작한
이후, 국물을 낼 때면 오로지 다시마와 표고버섯에 의존해야
했다. 다행히 이 두 가지 재료는 담백한 국물을 내는 것 외에

도 기대 이상의 다양한 역할을 해 주고 있다.

특히 잔치국수는 이 두 가지 식재료가 맹활약하는 음식이다. 대부분 채수나 육수를 내기 위해 사용한 채소는 버리는데, 잔치국수에는 그 어느 하나 허투루 쓰이는 식재료가 없다. 마치 아낌없이 주는 나무처럼 다시마와 표고버섯은 잔치국수에 모든 걸 내어 준다. 잔치국수의 고명으로 활용할 수 있기 때문이다.

미끄덩하지만 쫄깃한 표고버섯과 오독오독 씹히는 다시마의 식감이 소면처럼 부드러운 면발과 잘 어우러진다. 아무래도 국물을 내는데 제 한 몸을 바쳤기 때문인지 특유의 진한 맛이 사라지긴 해도, 고명으로서는 손색이 없다. 들러리인 고명과 주인공인 면발은 딱 한 끗 차이일 뿐이다.

P는 몇 달 후 퇴사했고 이후로는 소식을 알 수 없게 됐다. 그리고 나도 얼마 지나지 않아 지금의 회사로 이직했다. 김치찌개에 든 고기를 먹지 않는다는 것이 지극히 개인적인 취향에 지나지 않는다는 것쯤은 잘 알고 있다. 하지만 수년이 지난 지금까지 고기가 든 김치찌개를 볼 때마다 P가 떠오르는 건 어쩔 수가 없다.

창밖에 부슬부슬 비가 내린다. 잔치국수 타령에 배가 고파졌는지 하늘에서 국수 가락이 떨어지는 듯한 환상이 보인다. 오늘 저녁 메뉴는 담백한 잔치국수, 너로 정했다.

잔치국수

준비물 다시마, 표고버섯, 집에 있는 온갖 채소, 우리밀 소면, 간장장(다진 마늘, 대파, 고춧가루)

① 다시마와 표고버섯, 온갖 채소를 넣고 육수를 냅니다. 기호에 따라 국물용 멸치를 넣어도 좋습니다.

② 채소의 맛이 우러날 때까지 팔팔 끓여 줍니다. 어느 정도 끓으면 육수 속 채소를 건져 냅니다. 지금부터가 중요합니다. 건져 올린 다시마와 표고버섯을 얇게 썰어 줍니다. 장렬히 전사한 이들이 근사한 고명으로 다시 태어나는 멋진 순간입니다.

③ 애호박, 당근 등 단단한 식감이 좋은 채소는 채 썰어 투명해질 때까지 볶고, 달걀은 잘 풀어서 지집니다. 물론 다른 채소가 없어도 무방합니다. 우리에겐 다시마와 표고버섯이 있으니까요.

④ 우리밀 소면을 삶습니다. 소면이 익으면 찬물에 헹군 뒤 물기를 빼고 오목한 그릇에 담습니다. 준비한 다시마와 표고버섯, 그리고 다른 고명도 소면 위에 올려 줍니다.

⑤ 고명과 면발 위에 국물을 부어 줍니다. 기호에 따라 간장장으로 간을 맞추면 잔치국수 완성!

퇴근길
어묵 한 꼬치

요즘 직장인들이 가장 중요하게 생각하는 건 뭘까. 여러 매체들이 쏟아 내는 다양한 설문조사를 보면, 최근에는 '워라밸'이 가장 중요하다고 꼽은 직장인들이 많았다. '퇴근 이후 시작되는 제2의 삶' '진짜 나는 퇴근 후에 시작된다' 등 워라밸을 설명하는 다양한 말들에 격하게 동의를 보내는 한편, 그들이 보내는 특별한 저녁이 부러웠다.

결혼하고 남양주로 거주지를 옮겼다. 다만 문제는 직장이 서울이라는 점이었다. 출퇴근에만 왕복 서너 시간을 할애하는 바람에 퇴근 후 일상이 점점 단조로워지기 시작했다. 간간이 약속을 잡거나 운동을 하기도 하지만, 자주 할 수는 없었다. 하루에 두 번씩 서울과 남양주를 오가면서 바닥난 에너지는 업무에 쓰는 것만으로도 모자라고 벅찼다.

퇴근 시간이 되면 바로 자리를 뜨는 칼퇴족임에도, 한 시간 반이라는 긴 여정 때문에 집에 도착하면 나는 늘 녹초가 되었다. 그래서 퇴근길엔 약간의 시간이나마 줄여 보겠다며 '빠른 환승'을 위한 환승구까지 체크하며, 꼼꼼하고 치밀하게 행동한다. 1분 늦으면 20분이 밀려 버리는 냉정한 퇴근길은 단 1초의 실수도 용납하지 않는다.

업무 스트레스가 극에 달할 때는 이 긴긴 여정을 포기해버리고만 싶었다. 하지만 대부분의 일상에서, 어떻게든 이 전쟁 같은 퇴근길을 버텨야만 했다. 그러려면 회사를 나서는 순간부터 꼬르륵거리는 뱃속의 아우성을 잠재우는 것부터 시작해야 했다.

서울로부터의 퇴근은 환승을 하면서부터 본격적으로 시작된다. 환승을 위해서는 먼저 3호선 옥수역에 들러야 한다. 이 역은 구리와 남양주로 향하는, 유일하게 서울을 관통하는 노선이다 보니 항상 사람이 바글바글하다. 엎친 데 덮친 격으로 경의중앙선은 운행 간격이 긴 편이라, 칼퇴 후 환승하려면 약 12분의 자투리 시간이 생긴다. 바꾸어 생각하면 그 빡빡한 퇴근길에 12분의 여유가 주어진다는 뜻이기도 했다.

'고작 12분?' 하고 생각할 수도 있다. 하지만 배고픈 퇴근길에서는 고작 12분이 장장 120분이 되는 마법을 경험할 수 있다. 무려 어묵 두 꼬치를 먹어 치우고 꼬마김밥이나 컵에 담긴 떡볶이까지 먹을 수 있기 때문이다.

처음엔 이렇게까지 막간을 알차게 사용할 수 있을 거라고는 예상하지 못했다. 수많은 인파에 우르르 떠밀려 자의 반 타의 반으로 걷다 보면 환승구에 도착할 뿐이라, 그 길에 있는 갖가지 간식을 즐길 틈도 없었다. 게다가 어차피 12분밖에 남지 않아서 어묵바 앞에 선 사람들 틈에 끼는 것도 딱히 의미가 없어 보였다.

그날은 유독 점심을 부실하게 먹어 도저히 배고픔을 참을 수 없던 날이었다. 차가운 겨울이라 뜨끈한 국물의 유혹을 더는 참지 못하기도 했다. 원래 타던 열차를 과감히 떠나보내기로 한 나는 결국 그 어묵바 대열에 합류했다. 쫄깃한 어묵살에 뜨끈한 국물 한 컵, 꽁꽁 얼어붙은 손이 녹아내렸다.

"아주머니, 컵 떡볶이도 하나 주세요."

어차피 이렇게 된 거 느긋하게 저녁 식사를 즐기기로 했다. 그렇게 마지막 남은 국물 한 모금을 다 비울 때 즈음해서 시계를 확인했다. 고작 10분밖에 지나지 않은 시간을 보고 순간 두 눈을 의심했다. 남은 2분이라면 승강장에 가기에 충분한 시간이었다. 그 이후로 어묵을 먹는 12분이라는 시간은 나의 중요한 퇴근길 일과로 자리 잡았다.

이 12분을 온전히 즐기기 위해서는 먼저, 3호선 계단을 빠르게 내려와야 한다. 매점을 지나 코너를 돌면 모든 감각은 온통 어묵 국물 냄새로 향한다. 조금 더 걷다 보면 뜨거운 공기가 몸을 감싸고 펄펄 끓는 어묵 국물의 향은 더욱 짙어진다. 같은 길을 가던 사람들이 세 갈래로 엇갈리기 시작하는 것도 이쯤이다.

어묵의 유혹을 뿌리치고 환승역으로 곧바로 내려가는 사람, 앞에 서서 갈까 말까 갈등하는 사람, 그리고 나처럼 기다란 어묵바 틈을 비집고 자리를 잡는 사람까지. 어묵바를 선택한 이들은 마치 짜기라도 한듯 종이컵에 어묵 국물을 퍼 담는 것으로 퇴근길 만찬의 시작을 알린다.

얼핏 보면 다 똑같은 어묵 꼬치인 것 같다. 하지만 알고 보면 적당히 익은 것, 너무 익어서 퉁퉁 불어 터진 것, 뜨거운 열기만 있을 뿐 익지 않아 꼬들꼬들한 것 순으로 꽂혀 있다. 그날의 기분에 따라 마음에 드는 꼬치를 선택한 뒤, 채 식지 않은 어묵 한입과 국물 한 모금을 후루룩 넘기면 차가운 고달픔이 사르르 녹는다.

한참을 먹다가 주위를 살펴보면, 어제 혹은 그제 만난 사람들이 눈에 띈다. 일렬로 나란히 선 사람들은 비슷한 속도로 어묵을 먹는다. 같은 열차를 탈 사람들이라 그런지, 열차를 놓칠 새라 시계나 전광판을 틈틈이 확인하는 것마저 비슷한 모양새다. 그러다 주인아주머니가 네모난 철판 위에서 찰랑이는 떡볶이를 휘젓기 시작하면 모두의 시선이 국자 끝으로 향한다.

누군가 한 명이 종이컵에 든 떡볶이를 주문하면 옆에 있던 사람들도 뒤를 이어 주문하기 시작한다. 그렇게 어묵 한 꼬치를 기본으로 하여 어느 날은 떡볶이, 어느 날은 꼬마김밥, 또 어느 날은 삶은 달걀을 추가해서 12분 동안의 간이 저녁 식사를 즐긴다.

하고많은 역 중에 하필이면 옥수역에서, 같은 시간대에, 같은 음식을 먹는 일면식 하나 없는 이들에게 가끔 묘한 동질감을 느낀다. 어떻게 보면 우리는 커다란 테이블 위에서 나란히 저녁 식사를 하는 것과 다름없다. 어묵 한 꼬치로 주린 배를 달래고 아직도 까마득하게 남은 길을 가야 하는 것도 마찬가지이다.

사실 워라밸과 관련된 기사를 읽다 보면 한편으론 박탈감이 들기도 했다. 다양한 취미로 채워진 열정 가득한 워라밸족의 저녁이 고작 '옥수역 어묵 한 꼬치'가 낙이라는 평범한 퇴근길과 대조적으로 느껴지기 때문이었다. 나도 그들처럼 퇴근 후에 알찬 시간을 보냈던 시절이 있었지만, 지금은 먼 나라 이야기와 같다. 시간적 여유와 체력이 차고 넘치는 사회 초년생이던 때라 가능했던 것도 같다.

첫 직장 생활을 고향인 인천에서 시작했고, 그때만 해도 친구들 대부분이 인천에 거주하던 때라 퇴근 후에 만나는 것도 어렵지 않았다. 사회 현상에도 부쩍 관심이 많던 때라 다양한 모임에 속해 있어서 오히려 퇴근 후의 일정이 더 빡빡했다. 낮에는 일하고 밤에는 사람들을 만나느라 쏟던 에너지는 닳지 않고 영원히 샘솟는 것인 줄 알았다.

사회생활을 시작하면서부터는 시간이 흐르는 속도가 부쩍 빠르게 느껴졌다. 쌓이는 경력만큼 짊어져야 할 책임과 부담이 커졌고, 결혼이나 발령과 같이 불가피한 여러 사정으로 나와 친구들은 고향인 인천을 떠나야만 했다. 퇴근 직전이 되면 대뜸 '오늘 콜?'과 같은 메시지를 받거나 보내는 것도 흔한 일이었는데, 어느새 번개 만남의 횟수도 점차 줄어들기 시작했다. 되도록 먼 훗날의 시간과 장소로 '약속'을 정했으며, 이마저도 가끔은 깨지기도 했다.

신입 딱지를 뗀 제법 어엿한 사회인이 되어가는 중이라 부쩍 바쁘기도 했고, 친구보다는 애인, 동료나 배우자 혹은 가족을 중심으로 일상이 돌기 시작한 것도 그즈음이었다. 나 또한 그때쯤 결혼하고 남양주로 이주했다. 그렇게 동네 친구들과 그즈음 만난 사람들은 각자의 결대로 뿔뿔이 흩어졌다.

서른에 들어서자 다양한 종류의 대소사를 겪기 시작하여 더욱 여유가 없어졌다. 각자의 삶에 집중해야 할 이유가 하나둘 늘어난 것이다. 아이를 낳은 친구들은 엄마와 사회 구성원이라는 역할을 동시에 해내느라 바쁜 나날을 보내고 있다. 나를 포함해 아이를 낳지 않은 친구들은 아직 이루지 못한 꿈과 현실을 저울질 하며 어느 쪽에 추를 더 얹을지 고민하고 있다. 각자의 상황에 맞추어 취향과 가치관이 더 확고해졌고, 이런 이유로 충돌을 겪기도 했다. 더 빨리 나이를 먹어 가는 부모님 때문에 종종 가슴을 쓸어내리는 경우도 생겼다. 간만에 소식이 들려오면, 언제 들어도 반가운 경사와 갑작스러운 조사 사이를 오갔다.

우리는 혹독히 담금질 당하고 있었다. 어렸을 때는 통 이해가 가지 않던 '무소식이 희소식'이라는 말의 의미를 비로소 이해할 수 있게 됐다. 해가 갈수록 겪는 변수는 더 다양해졌고, 감내해야 하는 고통의 범위가 넓어졌다. 어쩌면 변수를 줄이기 위해 단조로운 일상을 보냈다고 하는 편이 더 맞는 것도 같다.

오늘도 퇴근길에 어묵 꼬치를 들었다. 한참을 정신없이 먹다가 고개를 들어 나처럼 어묵 꼬치를 베어 문 사람들의 얼굴을 쳐다보았다. 초점 없이 꼬치를 바라보는 사람, 휴대폰을 만지

싹거리는 사람, 전광판을 보고 어묵 국물이 담긴 종이컵을 허겁지겁 비우는 사람, 그리고 나처럼 다른 누군가를 바라보는 사람들이 나란히 서 있다. 아무리 물장구 쳐 봐야 티 하나 나지 않는 사회라는 넓고 깊은 바다로부터 퇴근한 이들에게 있어, 어쩌면 어묵 한 꼬치는 오늘 하루도 수고했다는 격려이자 위로일지 모른다. 그것은 오늘 하루도 무사히 보냈음을 알리는 상징과도 같다. 또 누군가에게는 다시 먼 길을 떠날 힘이 되기도 할 것이다.

"아주머니, 여기 계산 좀 할게요."

여기저기 같은 말이 들려온다. 오늘도 어묵바 동지들은 어묵 한 꼬치에 주린 배를 달래고 다시 기나긴 길을 떠날 채비를 한다. 어묵 한 꼬치와 컵 떡볶이에 적당히 배가 부르다. 이제 남은 힘으로 진정한 퇴근을 해야겠다. 오늘 하루도 무사히 잘 보냈다.

삼순이는
연애만 한 것이 아니다

숨겨왔던 나의~

이 치명적인 멜로디가 흘러나오면 기어코 삼순과 진헌 사이엔 일이 생긴다. 2005년, 나는 마치 삼순의 친동생이라도 된 양 그녀와 함께 울고 웃으며 뜨거운 여름을 보냈다. 무려 50%라는 시청률을 올리며 신드롬을 일으킨 드라마 「내 이름은 김삼순」을 본 사람이라면 누구나 공감할 것이다. 당시 21살이던 나는 연애에 막 눈을 뜨기 시작한 때로, 오로지 김삼순과 현진헌의 투닥거리는 연애 이야기에 푹 빠져 있었다.

그때는 몰랐지만 지금 보면 어이없는 설정도 난무했다. 공식 홈페이지 등장인물 설명란에는 그녀를 '예쁘지도 않고 날씬하지도 않으며 젊지도 않은 엽기 발랄 노처녀 뚱녀'라고 소개하고 있다. 급기야 고작 서른 살이 된 삼순을 두고 결혼하지

'못한' 여자로, 집에서는 '치워야(시집을 보내야)' 하는 존재로 묘사하고 있다. 서른 살의 노처녀라니! 거기에 대놓고 외모 비하를 일삼다니!

2020년인 지금, 이젠 상상조차 할 수 없는 설정이다 싶은 걸 보면 세상이 달라지긴 한 모양이다. 아무튼 그럼에도 우리의 김삼순은 당당하게 살아갔는데, 그래서 그런지 그녀는 시청자의 폭발적인 공감과 지지를 끌어낸 희대의 캐릭터로 회자되곤 한다. 그만큼 삼순의 삶의 태도는 나의 이십 대에도 큰 영향을 미쳤고, 이 때문에 지금도 종종 다시 이 드라마를 찾아보곤 한다.

어느덧 내 나이도 극 중 삼순의 나이인 서른을 훌쩍 넘었고, 언제부터인가 몇 번이나 다시 보기 한 드라마에서 연애사 말고 다른 것들이 눈에 들어오기 시작했다. 드라마가 방영되던 2005년 당시만 해도 생소했던 '파티셰'라는 직업을 가진 삼순은 프랑스의 명문인 '르 꼬르동 블루'에서 수학한 제과 분야의 인재였다.

삼순은 굴지의 호텔에서 파티셰로 근무하던 중 바람을 피운 남자 친구를 응징하고자 결근을 한다. 그런데 하필 그날이 연중 가장 바쁘다는 크리스마스이브인지라, 결국 일자리와 남자 친구를 모두 잃고 만다. 그 후 그녀의 케이크를 즐겨 찾던 호텔 단골의 발길이 끊길 정도였다는 걸 보면 삼순이 매우 훌륭한 파티셰였다는 사실은 틀림없어 보인다. 게다가 까칠하기로 정평이 난 진헌이 삼순의 망고무스 케이크의 맛에 반해 자신의 레스토랑 파티셰로 채용하려고 안달이 났으니 그 실력은 의심할 여지가 없다.

드라마는 주로 왈가닥 같은 삼순의 모습을 보여 주었지만, 가끔 그녀의 프로페셔널한 모습도 비춰 준다. 새벽녘 홀로 출근한 삼순이 제 키보다 커다란 오븐을 켜고 자신의 레시피를 진지하게 들여다보는 모습이 예뻐서 그 장면을 몇 번이나 돌려 보곤 했다. 이리저리 치여 힘들어하는 막내 동료에게 달콤한 초콜릿 한 조각으로 마음을 전한 위로 방식을 언젠가 나도 꼭 써먹어 보겠다며 수첩에 적어두기도 했다. 삼순의 연애에만 열광했던 시간이 지나고, 비로소 한 사람으로서의 커리어가 보이기 시작한 것이다. 이 모든 건 삼순의 나이 고작 서른에 일어난 일이다.

삼순을 보고 자란 여파인지, 서른 살이 되면 나도 어떤 분야에서 어떤 형태로든 한 획쯤(?)은 긋고 있을 줄 알았다. 이를테면 이런 거다. 멋있게 정장을 차려입고, 서류 가방을 들고 다니며 시도 때도 없이 노트북을 켜고 일하는 데에 열중인 커리어우먼, 위로는 임원과 독대하면서 큰 건을 성사시키고 아래로는 여러 직원을 거느리며 프로젝트 한두 개쯤 쥐락펴락하는 멋진 사회인일 줄 알았다.

하지만 서른 중반에 들어선 지금, 점심시간을 유일한 낙으로 삼는 지극히 평범한 회사원이 되어 있었다. 삼순의 서른 살 만큼은 아니어도 그럭저럭 성장을 한 것 같다만, 생각하면 할수록 삼순이 그 나이에 이룬 것들이 참 대단하다 싶다.

실력도 실력이지만 내가 삼순의 서른 살을 눈여겨보았던 건 직업을 대하는 태도였다. '인생은 봉봉 오 쇼콜라가 가득 든 초콜릿 상자'라던 삼순은, 종종 자신의 삶을 달콤하고 씁싸름한 디저트에 비유하곤 했다. 바람을 피우는 남자 손님의 면전에 마르키즈 글라세Marquise glacée라는 아이스크림의 어원을 읊으며 점잖게(?) 잘못을 응징할 정도의 위트와 지식을 지니기도 했다. 진지함이라고는 찾아볼 수 없는 일상이지만 하얀 작업복으로 갈아입으면 그녀의 눈은 언제나 반짝반짝 빛이 났다.

삼순은 디저트를 만들 때가 완전무결한 행복을 느끼는 유일한 시간이었으며, 이를 통해 그간 겪은 시련이나 실연을 극복해 왔음을 고백한다. 그녀는 파티셰라는 직업을 사랑했고 자랑스러워했으며 열정으로 넘쳐났다. 이는 삶에 대한 낙천적인 태도로도 이어진다.

나도 한때는 삼순처럼 직업이 삶에 투영되는 것이 당연한 것이라고 생각했다. 하지만 생각보다 그런 경우가 드물고 어렵다는 걸 깨달은 건 얼마 되지 않았다. 웬만한 실력이나 열정이 아닌 이상 삼순처럼 직업이 온전히 자신의 삶에 녹아드는 것이 어려운 일이라는 것도 말이다.

홈베이킹을 시작하게 된 데는 여러 이유가 있지만, 삼순의 이런 모습에도 많은 영향을 받았다. 삼순처럼 일상의 시련과 고통을 치유하는 나만의 방식을 찾아야겠다고 생각한 것이다. 어설픈 솜씨지만 밀가루와 설탕, 버터 등을 한데 섞어 오븐에 구워 내는 행위를 반복하는 것이 참 재미있었다. 그래서 기왕이면 믿을 만한 재료로, 내가 좋아하는 걸 잔뜩 넣은 빵을 만들고 싶었다. 그렇게 점점 빠져든 제빵에서 우리밀과 유정란, 풍미가 좋은 버터를 넣은 나만의 빵을 만들 수 있음에 뿌듯함을 느꼈다.

간단한 스콘을 시작으로 급기야 케이크까지, 완벽하진 않지만 그런대로 괜찮은 결과물을 내었다. 동영상이나 블로그를 참고해서 다양한 종류의 빵을 만들어 보긴 했지만, 그럴수록 빵에 대해 더 깊게 알고 싶은 갈증만 커져만 갔다. 그렇게 제2의 삼순이 되기 위한 여정이 시작됐다.

취미가 아니라 언젠가는 업으로 삼아 보겠다는 호기로운 각오를 다진 나는, 겁도 없이 제빵 전문 아카데미에 등록했다. 처음 3개월은 버터와 설탕이 든 단 빵을, 이후 3개월은 오로지 밀가루와 물, 소금, 그리고 직접 만든 르뱅천연효모종만으로 바게트와 깜파뉴를 구웠다. 상업용 이스트가 아닌 르뱅만 가지고 빵을 부풀리는 건 정말로 어려운 작업이었다.

커다란 반죽통에 재료를 한데 넣어 믹싱하면, 굵은 소금 덩어리가 녹으면서 밀가루에 스며들고 반죽이 점점 단단해진다. 다 된 반죽을 발효실에 넣고 한 시간 반을 기다리면 단단했던 것이 약간 부풀어 오르는데, 이때 '펀치반죽을 두드리는 것'라는 과정을 통해 반죽 속 이산화탄소를 빼 주고 반죽 내 온도를 균일하게 해 준다. 다시 모양을 동글려서 2차 발효의 과정을 거치면 반죽은 한껏 더 부풀어 올라 있다. 발효 시간이 길면 길수록 빵의 풍미는 더 좋아진다.

다음은 반죽을 분할하고 원하는 모양으로 성형한다. 그 후 바로 굽는 것이 아니라 또다시 발효 과정을 거친다. 빵 하나를 제대로 굽기 위해서 꼬박 하루 혹은 그 이상의 시간이 필요한 셈이다. 제빵에서는 시간마저 빵 만들기의 중요한 재료다. 물론 여기에 상업용 이스트를 넣으면 모든 과정이 간단해지지만, 르뱅으로 만든 것보다는 풍미가 덜하고 예민한 사람이라면 속이 부대낀다고도 한다.

나는 주로 르뱅이나 액종_{주로 밀린 과일로 만드는 천연발효종}을 이용하다
보니 바게트가 뱀이 되고 깜파뉴가 돌덩이가 된 적도 여러 번
이었는데, 이럴 때는 제법 마음고생 좀 했다. 내가 만든 빵이
남들 것에 비해 덜 부풀면 그게 그렇게 속상했다. 기공이 균일
하고 또렷한 모양인가 하면 또 어떤 때는 듬성듬성해서 중간
에 떡이 져 있는 경우도 있었다. 이 기공이 쫄깃하거나 폭신해
지는 빵의 식감을 좌우하는 중요한 요소라 신경을 쓰지 않을
수 없었다.

거기에 더하여, 전날 르뱅과 섞어 둔 전 반죽의 피크 타임을
잡아내는 것도 꽤 어려운 일이었다. 빵을 만들기에 가장 좋은
타이밍에 반죽을 쳐야 풍미도, 모양도, 식감과 향도 모두 최상
의 상태가 될 수 있는 것이다. 또한 갓 구운 빵이 가장 맛있다
는 말이 있긴 하지만, 유럽빵의 경우 더 조화로운 풍미를 느끼
기 위해선 하루 정도 숙성 후에 맛을 보는 것이 좋다.

나의 르뱅은 유독 신맛이 강했다. 빵을 갓 구웠을 때 맛을 보
면 매우 시큼했지만 다행히 하루가 지나면 산미가 약해지고
맛이 좋아졌다. 인생은 타이밍이라더니, 빵도 저들만의 타이
밍이 있는 것이다. 잘 먹을 줄만 알았지 빵의 종류와 계절, 들

어가는 재료에 따라 각자 다른 이 최적의 타이밍을 찾기 위해 얼마나 많은 베이커들이 또 얼마나 많은 빵을 구워 냈을지 상상이나 한 적이 있나 싶다.

어쩌면 세상에 존재하는 모든 기술이 그런 것 같다. 늘 사 먹던 빵 한 조각도 이름 모를 베이커의 기술과 노력이 깃든 것이라는 걸 깨달은 뒤로는 더 고소하게 느껴진다.

문득 디저트 분야에서 최고의 명성과 실력을 쌓은 서른 살의 삼순이 그 자리에 오르기까지 겪어야 했을 치열한 과정이 눈앞에 펼쳐졌다. 진헌과 전 여자 친구의 재결합 소식을 듣고 홀로 돼지 껍데기에 소주를 게걸스레 들이켜다가도, 실연으로 힘들어 심장이 딱딱해지면 좋겠다고 펑펑 울면서도, 매일 아침 제자리로 돌아가 자신의 분야에서 최고가 되기 위해 고군분투한, 드라마에선 자주 볼 수 없던 삼순의 모습이 말이다. 서른다섯이 되고 나서야 새삼 '파티셰 김삼순'이 보이기 시작한 것이다. 드라마가 방영되던 15년 전에는 이런 삼순의 진가를 왜 알아보지 못했을까?

드라마의 끝은 그녀의 디저트처럼 마냥 달콤하지 않았지만, 오히려 내가 만든 빵처럼 고소하고 담백했다. 그 둘은 '3년 뒤, 결혼해서 아이를 낳고 알콩달콩 행복하게 살았답니다' 하는 해피 엔딩을 맞지는 않았다. 진헌의 엄마를 설득하기 위해 간밤에 삼신 할매가 나타나 아이를 점지해 주길 바라긴 하지만, 이는 꿈일 뿐이었다. 마지막에 삼순은 진헌과 싸우며 사랑하며 여전히 알콩달콩한 연애를 이어가는 중이라고 했다. 또한 파티셰로서도 또 다른 도전을 시작했음을 알린다. 자신의 이름을 내건 케이크 가게를 차린 것이다.

얼마 전 드라마를 다시 보면서 삼순이가 삼식이와 결혼을 했을지, 아이를 낳았을지 하는 것보다 그녀의 케이크 가게가 어떻게 되고 있는지 궁금해졌다. 아마 삼순이라면 지치기도 하고 권태를 느끼면서도, 여전히 많은 사람들에게 달콤한 디저트로 위로를 전하고 있지 않을까. 가게엔 그녀의 실력과 열정을 알아본 사람들로 꽉 차서 발 디딜 틈 하나 없이 말이다. 정말 그랬으면 좋겠다.

슬기로운
면역 생활

"우리 오늘은 뭐해 먹을까?"

금요일 퇴근길, 평소라면 어느 식당에 갈지 정하느라 바빴을 텐데 이번 주도 집밥이다. 코로나19의 여파로 지난 3월부터 일상이 조금씩 달라지기 시작했다. '사회적 거리 두기' 캠페인이 벌어지면서부터다. 안타깝게도 확진자와 사망자가 점차 늘어나면서 회사에서는 재택근무를 독려하기도 했고, 양육을 위해 돌봄 휴가를 지원하기도 했다. 새 학기를 손꼽아 기다렸을 학생들에겐 유감이지만, 온라인 개학이라는 사상 초유의 상황도 일어났다.

사람들이 좀처럼 밖에 나다니질 않으니 자영업자는 그 어느 때보다 어려움을 겪는 반면, 식료품을 파는 온라인 쇼핑몰은 일찍이 '품절'되는 그야말로 호황을 맞았다. 전 세계적으로도 상황은 마찬가지여서 사실상 지구의 77억 인구가 움직임을 멈춘 상태였다. 멈춘 건 사람만이 아니었다. 오염 물질을 내뿜던 차량과 항공기, 공장의 굴뚝도 멈추면서 아이러니하게 인도 뉴델리에서는 수십 년 만에 맑은 하늘을 볼 수 있게 되었다고 한다.

우리 집은 다름 아닌 주방에서 변화가 일어나기 시작했다. 상황이 두 달 넘게 계속되자 집안일 중엔 유일하게 요리에 재미를 못 느낀다던 남편이 팔을 걷어붙였다. 내가 아무리 요리를 즐긴다고 해도, 이렇게 매일을 어쩔 수 없이 해야 하는 것이라면 말이 달라진다. 옆에서 보고 있던 남편도 더 이상은 안 되겠는지 어느새 주방에 들어와 있었다. 남편과 나란히 주방에 설 일은 딱히 없겠다 싶었는데, 코로나19 이후로는 퇴근 후 함께 요리하고 밥상을 차려 먹는 것이 일상이 되었다.

다른 집도 상황은 비슷한 듯했다. 행동반경을 최소화하려고 외식이나 외출은 자제하고 주로 집에서 밥을 해 먹기 시작한 것이다. 그래서인지 온라인 쇼핑몰은 평소보다 배송이 늦어지고 품절이 잦았다. 마트나 시장에 갈까 하다가도 사회적 거리를 두자는 분위기와 맞지 않는 것 같아 관뒀다. 그럼에도 살아남아야 했던 우리는 묘책으로 일명 '냉파', 그러니까 냉장고를 파먹기로 했다.

요리를 자주 하는 편이라 냉장고 속은 훤히 꿰뚫고 있는 줄 알았는데, 야채칸 아래 깊숙이 처박혀 반쯤 상한 사과를 발견한 후 어안이 벙벙해졌다. 매일같이 여닫는 냉장실도 이 모양인데, 좀처럼 깊은 곳은 들여다보지 않는 냉동실은 상황이 더 심각할 터였다.

언제 시켰는지 기억조차 사라진 다양한 브랜드의 치킨 조각이 지퍼팩에 두서없이 얽혀 있거나, 지난해 여름이 오기 전 더운 불 앞에서 한참 정성스레 삶아 둔 완두콩도 발견했다. 그것도 모르고 밥을 지을 때마다 넣겠다고 사들인 콩이 또 저 냉동실 깊은 구석에서 구출됐다. 이왕 양념하는 거 넉넉히 하겠다고 잔뜩 재어 놓은 고기, 언젠가 먹겠지 싶어 고이 넣어 둔 떡과 빵, 할인을 한다고 해서 대량으로 사다 둔 냉동식품은 뜯지도 않은 채 그대로 냉동실 안에 얼어 있었다.

당장 전쟁이 난대도 삼 개월은 거뜬히 먹고 남을 만한 양이다. 그동안 나름 살림을 재주껏 하고 있었다고 믿었는데, 무더기로 쌓인 봉지 앞에서 한동안 말을 잇지 못했다. 질서 없이 켜켜이 쌓인 이것들 때문에 정작 제때 필요한 것들은 보이지 않았다. 그래서인지 채우고 또 채워도 부족한 느낌이 계속 들었었다. 그리고 이렇게 쟁여 두면 언젠가 다 먹을 줄 알았다. '에잇, 이렇게 치열하게 사는데 이거 하나 못 먹고 살겠어?' 하는 마음으로 더 양껏 채우려는 일종의 보상 심리도 작용한 듯 보였다.

하지만 당장 허기 앞에서 냉장고 속 이것들을 대체 언제 어떤 연유로 샀는지 따질 여유가 없었다. 냉장고 속 식재료를 어떻게든 소진하려다 보니 '하얀 비지 묵은지 해물찌개'와 같은 신박한 조합에도 딱히 할 말은 없었다. 우리의 미션은 그저 이 많은 것들을 최대한 활용해 먹어 없애 버리는 것뿐이었다. 최상의 조합을 찾지 못하면 가끔 음식점에 가서 포장을 해 오기도 했고 배달 음식으로는 도저히 먹을 수 없는, 이를테면 조개찜 같은 것이 먹고 싶을 때는 조개 한 포대를 사서 직접 쪄 먹었다. 평소라면 기회비용을 따져 그냥 사 먹고 말았을 샤브샤브나 밀푀유전골 같은 음식도 집에서 푸짐하게 즐겼다.
냉장고가 비워지는 만큼 남편과의 대화는 더 풍족해졌다. 각자 찾아 둔 요리법을 공유하며 최고의 맛이라는 같은 목표를 향해 분주히 달렸다. 완성된 음식을 들고 식탁으로 자리를 옮겨서는 회사 이야기, 근래 밀려드는 생각 등 그간 꺼내지 않던 깊숙한 이야기도 나누었다. 나이 사십을 앞두고 최근 부쩍 늘어난 흰머리에 시무룩해 하는 그의 말을 들으며, 원래였다면 깔깔거리며 놀리기 바빴을 텐데… 이번만큼은 왜인지 안쓰러워 보였다.

어느덧 식탁 위 밥과 국 사이에는 우리 두 사람이 십 년간 지지고 볶은 세월이 놓여 있었다. 바깥일에 밀리고 밀리다 우리야말로 일정 거리를 유지하고 있었는지도 모른다는 생각이 들었다. 아이러니하게도 사회적 거리를 둘수록 남편과의 관계는 더 가까워졌고 밥상은 더 풍성해진 것이다.

밥상이 풍성해진 건 비단 우리 집만의 얘기는 아니었다. 사람들은 귀가가 빨라지니 오히려 이전보다 잘 먹고 지낸다고 너스레를 떨었다. 실제로 WHO가 팬데믹pandemic을 선언하기 전인 2월부터 4월까지의 소비 트렌드를 살펴보면 확산 초기에는 일찍 종식될 것이라는 기대 때문에 간편식이나 레토르트 제품의 소비량이 월등히 늘었다고 한다. 그러나 3월부터는 채소, 과일, 육류 등의 식재료 소비가 점차 늘기 시작했는데, 이는 사태가 장기화될 전망을 보이자 기왕 먹는 거 제대로 차려 먹자는 소비 심리가 작용한 것으로 보인다고 한다. 평소엔 거의 요리를 하지 않던 친구들도 무언가 만들어 먹기 시작한 걸 보면 아예 틀린 말도 아닌 듯하다.

식품 업계에서는 '면역력'이라는 키워드가 중요하게 떠올랐다. 건강식품은 물론 채소, 과일 등에도 어김없이 '면역력 강화'라는 수식이 붙었다. 이쯤 되면 떡볶이조차도 면역력 강화에 도움이 되지 않을까 할 정도다. 그런데 면역력에 관한 일부 기사에 따르면, 애초에 면역력을 높이는 마법의 수프나 생명의 알약 같은 건 없다고 한다. 특정 병원체에 대한 면역력을 향상시키는 백신 정도가 있을 뿐 면역 체계를 강화한다는 개념 자체엔 어떠한 과학적 근거가 없다는 것이다. 일부 학자나 의사도 이와 비슷한 입장을 보였다. 그들은 입을 모아 충분한 수면, 균형 잡힌 식사, 스트레스를 받지 않는 것이 면역 체계를 돕는 가장 유용하고 확실한 방법이라고 했다.

결론적으로 잘 자고 잘 먹고 잘 지내면 된다는 이야기인데, 그렇게 치면 우리는 충분히 잘 지키고 있지 않은가. 잘 자고 잘 지내는 것까지야 개인 영역이라 가늠할 수 없다 쳐도 잘 먹는 것만은 틀림없어 보인다. 적어도 지금은 1950년대처럼 영양실조로 굶주리는 이가 거의 없는 걸 보면 말이다.

『월스트리트 저널』의 칼럼니스트이자 『식사에 대한 생각』의 저자 비 윌슨Bee Wilson은 '잘 먹는 것'과 '많이 먹는 것'은 구분해야 한다고 주장한다. 그는 오늘날 우리의 삶은 음식이 부족해서가 아니라 오히려 흘러넘쳐 괴로운 '텅 빈 풍요'라고 표현했다. 그 증거로, 2015년을 기준으로 흡연이나 알코올 관련 원인으로 사망한 사람보다 가공육이나 가당 음료가 과다한 식단인 '식이 요인'으로 사망한 사람의 숫자가 월등히 높다고 지적했다.

냉장고 속에 쌓인 것들을 끄집어내다 깊은 생각에 잠긴 것도 바로 이 때문이었다. 점심시간에도 식당을 찾는 대신 도시락을 먹고 주말에도 특별한 일이 없다면 직접 음식을 해 먹고 있었지만, 정작 돌이켜 보면 냉동식품이나 반조리 식품을 사다 데워 먹는 일이 잦았다. 인터넷에 올라온 신제품 후기에 혹해서 충동적으로 구매하거나 할인을 한다는 이유로 잔뜩 쟁여 둔 경우도 많았다. 마트에 가면 하루가 다르게 쏟아지는 소스나 가루 등 신기하고 새로운 제품을 보고 호기심에 하나둘 산 것도 꽤 많은 자리를 차지하고 있었다. 차라리 맛있게 다 먹기라도 하면 괜찮은데, 대개는 한 번 먹고 냉장고나 수납장에 쌓아 두기만 했다.

많이 먹기만 했지 '잘 먹고' 있지는 않았던 것이다. 아마도 대부분 사람들도 각자의 집에 머물면서, 냉장고를 비우면서, 평소보다 주방에 더 자주 서면서, 함께 사는 이들과 부대끼면서 비슷한 생각을 했으리라 짐작한다.

사회적 거리는 듬성듬성해졌지만 가족이나 배우자, 함께 사는 이와는 거리는 더 가까워진 역설 앞에 일상이 주는 소소한 행복을 떠올려 본다. 뿌연 미세 먼지가 걷히고 선명해진 파란 하늘, 30년 만에 히말라야 산맥이 선명히 보이기 시작했다는 네팔, 에메랄드색 물빛을 되찾았다는 이탈리아 베네치아까지.

코로나19는 전 세계를 혼란에 빠트렸지만 헝클어진 무언가를 되돌려 놓기도 했다. 물론 아직 어려운 상황임은 분명하며, 코로나19로 목숨을 잃은 사람들과 경제, 사회적으로도 큰 타격을 받았다는 것을 잊어서는 안 될 것이다.

어느 전문가들은 앞으로의 삶이 코로나19 이전으로 돌아가기는 어려울 것이라고 했다. 혹시 모를 상황에 대비해 생활 방역 체계를 잡아야 하고, 지금처럼 사회적 거리를 유지해야 한다고 말이다. 또한 야생 동물을 잡는 바람에 생태계 교란을 일으킨 인간의 잘못임을 인정하면서, 더 멀리는 환경 윤리적 관점에서도 이 문제를 다뤄야 한다고 말한다.

손을 씻거나 마스크를 착용하는 개인위생은 말할 것도 없이 중요하시만, 무엇보다 이런 질병에 나약해지지 않도록 '잘 먹고 잘 사는' 것도 중요해졌다. 그래서 우리 부부는 잘 먹고살기 위한 몇 가지 약속을 정했다.

첫째. 최소 평일 저녁 두 끼, 주말 점심 한 끼는 냉동식품 없이 직접 차려 먹기

둘째. 주 2회 채소로만 밥상 차리기

셋째. 알약이나 가루 등 대체품 대신 채소와 과일 골고루 먹기

넷째. 먹을 만큼만 장보기(냉장고 여유롭게 유지하기)

언뜻 쉬워 보이지만 바쁘게 살다 보면 참 번거롭고 귀찮은 일이다. 게다가 익숙한 맛이 더 무섭다고, 자극적인 맛에 길들여진 입맛이 하루아침에 바뀌는 것도 어려운 일이다. 그러고 보면 잘 먹고 잘 사는 것이 말처럼 참 쉽지만은 않은 것 같다.

우리가 먹는 것이 곧 우리 자신이 된다

히포크라테스 Hippocrates

계절 요리로 차리는
건강한 식탁

2부

참 불쌍해요

"차라리 비라면 좋으련만!"

주룩주룩 뺨을 타고 흐르는 땀방울을 닦으며 그가 말했다. 내 키보다 크고 숲보다 무성한 옥수숫대 밑을 걷고 있노라면 가뜩이나 못난 얼굴은 오만상이 되고 만다. 게다가 도시에서 나고 자란 탓인지 정체 모를 감촉과 어디서 튀어나올지 모르는 벌레를 상상하는 자체가 공포로 느껴졌다. 이들을 피한답시고 몸을 함부로 놀렸다가는 억센 옥수수 잎에 베여 생채기가 나는 것도 순식간이다.

땀으로 범벅이 된 따갑고 뿌연 눈을 비비적거리다 허연 옥수수 이빨이 얼핏 보이기라도 하면 반가워 미칠 지경이었다. 뜨거운 햇볕 아래 꼿꼿이 서 있는 옥수숫대를 보고 있자니 경이마저 느껴졌다. 저만치 앞서간 대표님은 능숙한 손놀림으로 옥수수를 따고 있었다.

대표님은 제철 농산물을 꾸러미로 생산해 내는 공동체의 대표이자 양평에서 아주 오랫동안 유기 농사를 지어 온 베테랑 농부이다. 어설픈 솜씨로 옥수수를 따는 둥 마는 둥하며 그의 뒤를 졸졸 따랐다. 당장 다음 달에 보낼 꾸러미 구성에 대한 협의를 위해서라면 이 정도 고생쯤은 감수해야만 했다.

"서울 사람들 참 불쌍해요."

그 순간 나는 내 귀를 의심했다. 아니, 대표님. 지금쯤 에어컨에서 나오는 시원한 바람을 맞으면서 냉방병이네 뭐네 하는 도시 사람들이 불쌍하다고요? 이 땡볕에서 생고생을 하시면서 그런 말씀이…. 지금 절 놀리시는 건가요? 마음의 소리가 터져 나올 뻔했지만 꾹 참았다. 점점 더 뜨거워지는 햇볕에 이성을 잃은 나는 옥수수고 협의고 다 집어치운 채 이 더위로부터 도망치고 싶은 마음뿐이었다.

"이거를 지금 바로 쪄 먹잖아요? 그럼 세상에서 제일 맛있는 옥수수를 맛보게 되는 거예요. 옥수수는 따는 순간부터 하루가 지날 때마다 당도가 30%씩 떨어지거든. 그래도 요새는 산지직송이다 뭐다 하면서 예전에 비해서는 도시 사람들도 옥수수를 빨리 먹을 수 있지만… 아무리 그래도 최소 하루는 걸

리잖아요. 도시 사람들은 이 맛을 알 수 없으니 아쉽지. 하이고, 지독하게 덥다! 이제 그만하고 어서 옥수수나 쪄 먹으러 갑시다!"

당장 이 더위를 피할 수 있어서인지, 아니면 '서울 사람들은 못 먹어 불쌍하다'는 그 옥수수를 맛보게 될 기대 때문인지, 여하튼 더위에 치밀던 울화가 쑥 가라앉았다. 그때만 해도 5년이 지난 지금까지 여름이 될 때마다 그 옥수수 맛을 그리워하게 될 줄은 꿈에도 몰랐다. 그해 이후로 옥수수는 여름을 기다리는 유일한 이유가 되었다.

"대표님. 가지랑 고추가 너무 자주 구성돼요. 깻잎도요. 그리고 상자를 열면 깻잎은 숨이 죽어 있대요. 너무 더워서 그렇겠죠? 참, 과일류가 좀 있으면 좋겠다고 하던데 추가로 구성할 것이 있을까요? 아… 그럼 단가가 맞지 않겠죠?"

1년 차, 아니 정확히는 이 사업을 맡은 지 6개월이 채 되지 않았을 때의 일이었다. 걸핏하면 딸 만한 실무자가 찾아와 더위에 타는 속도 모르고 곤란한 요청이나 푸념을 해 대고 있으니 대표님도 얼마나 고달팠을까 싶다. 당시 내가 맡은 제철농산물꾸러미 사업은 25주간 주 1회, 그때그때 나는 농산물과 두부, 장류 등의 간단한 가공품을 구성해서 소비자에게 보내는 일이었다. 여덟 명의 귀·소농인으로 구성된 생산자 공동체와 250여 명의 소비자가 봄과 여름, 그리고 가을까지 꽤 긴 호흡을 함께 하는 셈이었다.

'아휴, 어떡해. 오늘 갑자기 웬 비야? 언제 그칠지도 모르는데 큰일이네!' '오! 이번 주는 좀 선선하면서 날도 좋네! 아침엔 해도 잘 드는 모양이야.' '태, 태풍? 어느 지방으로 오는 거지?' 꾸러미를 기획하고 생산자와 소비자 사이의 의견을 조율하는 업무를 맡았던 나는 꾸러미 발송 기간이 되면 날씨를 걱정하는 일이 잦았다. 물론 현장의 생산자만 하겠냐마는, 나 또한 그분들 못지않게 폭염, 폭우, 태풍 소식 들이 들려오는 밤엔 쉬이 잠을 이루지 못했다. 그야말로 날씨에 울고 웃는다는 말이 딱이었다.

특히 여름엔 더했다. 아무리 새벽이라지만 더운 기운이 채 가시지 않은 노지에서 새벽에 채소를 따서 보내 봤자 이동 중에 숨이 죽기 일쑤다. 이 사정을 모를 리 없지만, 막상 상자를 열어 보는 소비자도 밀려드는 실망감에 어쩔 수 없었을 것이다. 그나마도 농산물을 수확해서 담을 수 있다면 차라리 다행이었다. 작물이 아예 타 죽는 경우도 많아서 배송 자체가 어려운 경우도 있기 때문이다. 그럴 때면 보내는 생산자, 받는 소비자 그리고 중간에 끼인 나까지 모두의 속이 타들어 갔다. 알게 모르게 보내는 이나 받는 이 모두에게 때로는 '고통의 상자'가 된 것도 사실이다.

하지만 소비자들은 쉽게 이 농산물들을 포기하지 않았다. 계절을 알리는 들꽃이나 달콤한 제철 과일, 지금은 흔하지 않은 어렸을 때 먹던 채소가 간간이 이들의 마음을 달래 주었기 때문이다. 상자에 들꽃을 넣어 보낸 날이면 커뮤니티엔 폭발적인 반응으로 난리가 났다. 택배 한 상자에 기분이 좋아졌다며 고맙다고 말이다.

또 누군가는 생산자의 희로애락이 담긴 편지를 매주 읽다 보면 마치 함께 농사를 짓고 있는 것 같아서 시들한 채소를 받아도 이해할 수 있다고도 했다. 이들의 두터운 관계는 판로 걱정 없이 안정적으로 농사를 지었으면 하는 소비자의 바람과 이에 보답하는 생산자의 책임감으로 단단히 엮여 있었다.

무엇보다 이렇게 힘들다는 한여름에도 꾸러미를 받아 봐야 하는 한 가지 더 중요한 이유가 있다. 바로 옥수수 때문이다. '다음 주엔 옥수수가 가요'라는 알람은 마치 가문 땅을 적시는 단비와도 같았다. 대표님은 새벽에 막 따서 보낸 옥수수이니 맛있을 수밖에 없다고 했다. 그리고 옥수수를 보내는 날에는 일분일초가 급하니 받는 대로 쪄 드시라는 신신당부도 잊지 않는다.

중간에 끼인 나는 그야말로 죽을 맛이었지만, 사실 여름의 이 뜨거운 고비만 넘기면 대체로 일은 순조롭게 진행됐다. 하지만 아무리 그렇다 한들 사업이 진행되는 약 6개월 동안 긴장을 늦출 수는 없었다. 사무실에서 펜으로 농사를 짓는 느낌이었다. 그렇게 전쟁과 같이 길고 뜨거운 여름을 보내고 나면, 봄부터 늦은 가을까지 이어져 온 이 기나긴 여정도 드디어 끝이 난다.

지금은 다른 업무를 맡고 있지만, 아직도 한여름이 되면 생산자와 소비자 사이에서 널을 뛰던 때가 생각난다. 두어 해 전 여름엔가, 자두와 복숭아가 까맣게 타 버렸다는 기사에 정신이 번쩍 들었다. 이듬해 여름엔 수확해 봤자 인건비조차 나오지 않는 애호박을 생산자가 직접 폐기한다는 기사도 있었다. 비가 오지 않아 많아진 일조량 탓에 애호박이 시장에 넘쳐났고 그 여파로 값이 폭락해 버린 것이다.

자식처럼 여겨 온 농산물이 누구보다 하루빨리 소비자의 식탁에 오르길 바랐을 텐데, 이런 선택을 해야 하는 농부들의 마음이 오죽할까 싶다. 게다가 이게 또 무슨 아이러니인가 싶지만, 날이 가물면 가물수록 과일의 당도가 높아진다고 한다. 그러다 보니 과일 생산자들은 한여름 내리쬐는 땡볕 아래서 열매를 거두어야 한다.

이러나저러나 생산자는 불볕더위 아래 타 들어가는 고통보다, 자식같이 키워온 녀석을 내 손으로 거두지 못하고 제값을 받지 못하는 현실에 더 고달파 할 것이다. 비가 오면 비가 오는 대로, 가물면 가문 대로, 맑으면 맑은 대로 생산자로선 안정적인 판로가 보장되지 않으면 어떠한 상황이 되어도 마음을 졸일 수밖에 없는 것이다.

가끔 이런 농업의 현실을 알리는 기사에 달린 댓글을 볼 때마다 혹시나 생산자분들이 볼까 싶어 마음을 졸이기도 한다. 마트에선 비싸게 팔더니 결국 폭리를 취하는 것 아니냐, 정부 보조금을 얻으려는 꼼수 아니냐 등 사람들의 수많은 의심과 조롱이 가득한 문장들 말이다. 직접 농사도 짓지 않고 옆에서 보기만 하는 나도 이런데, 하물며 맨몸으로 메마른 밭을 뛰어다니는 그들의 마음은 오죽할까.

오늘따라 손과 얼굴이 까무잡잡했던, 그 여름 대표님의 활짝 웃는 모습이 떠오른다.

옥수수 백 배 즐기기

- 옥수수가 가장 맛있게 쪄지는 도구는 압력밥솥입니다. 껍질 한 겹만 남겨 놓고 옥수수가 잠길 정도로 물을 부은 후 소금 한 스푼을 넣습니다. 간혹 소금 반, 설탕 반의 비율로 넣기도 하는데, 개인적으로는 소금만 넣어 찌는 것이 담백하고 맛있었습니다. 밥을 짓는 방법과 동일하게 옥수수를 짓습니다.

- '당을 초월했다'는 뜻의 초당옥수수도 갈수록 인기입니다. 달달하고 아삭한 식감 때문에 그냥 먹어도 맛있지만 요리에 넣어 먹으면 달달한 포인트가 됩니다. 방울토마토, 양배추, 양파 등의 여름 채소 잔뜩, 여기에 옥수수 알갱이, 치즈, 바질 등을 넣어 올리브유에 버무립니다. 소금과 후추로 간을 맞추고 반나절 후에 꺼내어 먹습니다. 펜네를 곁들이면 아주 간단한 제철 콜드 파스타도 순식간에 완성됩니다.

- 베이킹을 하는 분이라면 반드시 옥수수 스콘을 만들어 보세요. 묵직한 버터 밀가루 사이에서 톡톡 터지는 달달함의 신세계를 경험할 수 있습니다.

- 여하튼 옥수수를 가장 맛있게 먹는 방법은 딱 하나만 기억합니다. 일분 일초가 급하니 사자마자 주저 말고 바로 쪄야한다는 사실입니다.

여름 채소를
보내며

"힘들게 재배한 옥수수가 상자째 버려질 위기에 놓였어요! 이 것들을 구출해 주실 분 어디 안 계신가요?"

SNS에 올라온 글에서는 다급함이 느껴졌다. 귀농해서 삼 남매와 알콩달콩 지내는 부부는 올해도 타이 바질, 공심채, 오크라 등 다소 특이한 작물과 옥수수, 감자까지 하여간 여름에 맛있다는 것들을 죄다 수확 중인 모양이었다. 예년보다 유독 잘자란 옥수수는 주인을 찾지 못해 방황하다가 다행히 부부가글을 올린 지 한 시간 만에 극적으로 구출(?)되었다. 열매를 거두고 돌아서면 또 거둬야 한다는 여름이라고 분주해 하는 부부와는 달리 유독 한가로웠던 우리 집 주방이 떠올랐다. 생각해보니 지난여름은 이례적이었다.

자고로 여름엔 얼굴보다 큰 호박잎과 단단한 양배추를 데쳐손바닥에 펼친 다음, 밥과 쌈장을 넣어 한입에 욱여넣어야 제

맛이다. 더워 쪄 죽는 한이 있더라도 옥수수를 쪄 먹어야 하고, 토마토는 질리도록 먹어야 하며, 잘게 썬 오이는 비빔면에 담뿍 얹어 이른바 '비빔오이면'을 먹어야 진정한 여름인 것을. 그러니까 여름 반찬이라는 것들로 끼니로 때우느라 바빠야 할 여름이었는데 해가 지날수록 여름이 점점 한가해지고 있다. 덥고 귀찮다는 핑계로 외식과 배달 음식으로 끼니를 때우는 횟수가 늘어서일까. 여하간 여름 끝자락이 닿을 때가 되면 묘한 죄책감이 밀려든다. 샐러드나 디저트, 심지어 팥빙수까지 배달을 시켜 먹을 정도니까 여름이 한가한 이유가 무엇인지는 사실 꽤 분명해 보인다.

요새는 딱히 배달 음식이 아니어도 끼니를 때우는 방법이 무궁무진하다. 잠들기 직전 침대에 누워 터치 몇 번만 하면 식재료가 다음 날 새벽을 여는 세상이다. 냄비에 다 부어 넣고 끓이기만 하면 되는 밀키트meal kit나 파우치에 든 레토르트 제품도 제법 잘 나와 있다. 찜통같이 더운 여름날, 가스 불을 앞에 두고 채소를 다듬거나 소금 한두 숟갈과의 밀고 당기기가 익숙하지 않던 나에게 반조리 식품은 그야말로 구세주였다. 아무리 밀키트라도 보글보글 끓는 냄비 안에 파나 고추 등을 썰어 넣으면 내가 직접 요리를 한 마냥 뿌듯하기까지 하다. 그렇게 우리 집 주방에서는 추어탕과 설렁탕, 심지어 어느 식당에서 무려 삼 대째 내려왔다는 감자탕이 뚝딱하고 완성됐다. 분명 요리를 하지 않았지만, 굶지도 않고 잘 먹고 산 것만은 확실하다.

하지만 고작 바지락 한 봉지에 딸려 온 커다란 스티로폼 상자에 새어 나오는 한숨은 더 깊어졌다. 몇 해 전까지만 해도 아무리 귀찮아도 터덜터덜 걸어서 슈퍼에 가던 게 예삿일이었는데, 언젠가부터 하나를 사더라도 온라인 마켓을 찾아보는 습관이 생겨버렸다. 게다가 아무리 뜨거운 여름이라도 주방에서 무언가를 지지고 볶아 댄 것 같은데, 지금은 군이 그런 수고를 겪지 않아도 충분히 잘 먹고 지낼 수 있게 됐다.

언젠가의 여름에는, 이 여름의 *끄트머리*를 잡겠다고 열정을 하얗게 불태운 적이 있었다. 약 삼 일에 걸쳐 각종 채소와 과일을 사다 놓고 주말이 되기만을 기다렸다. 드디어 토요일 아침이 밝았고, 쌓인 채소를 다듬는 것부터 일과가 시작됐다. 당근에 묻은 흙을 털고, 끝이 누렇게 변한 파를 썻고 다듬어 냄비 안에 넣다가 문득 생각에 잠겼다. 대체 어쩌다 땅속에 오랫동안 묻혀 있었을 이것들이 우리 집 싱크대까지 오게 됐는지, 채 털리지 못한 이 흙은 과연 어느 땅의 흙이었을지, 가느다란 잎은 어떻게 어디 하나 찢기지 않고 봉투에 가지런히 담겨 왔는지 엉뚱한 생각이 꼬리의 꼬리를 물었다.

사실 이런 생각을 처음 해 본 것은 아니었다. 한동안 까맣게 잊고 지냈을 뿐. 이렇게 채소를 직접 씻고 싱크대에 널린 흙을 볼 때마다 종종 깨닫는다. 그렇게 한참 주방에 서서 잎이든 열매든 줄기든 살코기든, 결국 그 끝엔 사람과 땅이 있다는 사실을 되뇌었다. 뚝딱 완성되는 파우치에 든 것을 데울 때는 이런 생각할 겨를조차도 없었다. 그런 생각을 하기도 전에 이미 음식은 뚝딱 완성되어 있었다.

마음만 먹으면 먹지 못할 음식이 없을 정도로 쉽고 편리하게 다양한 식재료를 접할 수 있는 세상이다. 몸에 좋은 음식을 먹자고 하면 유기농 식재료를 취급하는 식당이나 샐러드 가게를 이용하면 된다. 손맛은 집 앞 반찬 가게에서도 충분히 느낄수 있고, 냄새 때문에 굽기 꺼려지던 삼겹살도 전화 한 통이면 집에서 쉽게 즐길 수 있다. SNS에는 입 대신 눈으로 먹는 화려하고 예쁜 음식 사진이 쉴 새 없이 업로드 된다. 눈으로 보고도 믿기지 않을 정도로 대량의 음식을 누군가 먹는 걸 보면서 즐거워한다.

이제 돼지고기나 소고기는 흔해졌고 품종이나 부위별로 미묘한 맛의 차이를 즐긴다. 사람들이 점점 더 다양한 음식을 접하게 되면서 음식도 패션처럼 유행을 타기도 하고, 그만큼 개인의 취향도 확고한 세상이 되었다.

하지만 음식을 향한 관심에 비해 정작 접시 너머의 것과는 점점 멀어지고 있는 것 같다. 자극적인 맛과 화려한 모양에 눌린 음식의 여정은 수면 위로 떠오를 힘이 없다. 특히나 먹을 게 지천이라는 여름엔 문제가 더욱 두드러진다. 해가 갈수록 심해지는 기후 변화로 여름뿐 아니라 다른 계절도 상황은 마찬가지다. 우리의 밥상은 풍족해지는데 반해 인건비 하락, 농산물 값의 폭락 등으로 도시로 출하하지 못한 채소와 과일이 점차 쌓여 가는 아이러니도 있다.

한반도를 강타한 태풍이나 무더위에도 매대 위에 꼿꼿이 서 있는 채소를 보면서, 이것들이 여기에 오기까지의 과정이 얼마나 험난했을지 떠올리는 사람이 과연 얼마나 있을까. 시장 경제 논리에 따라 가격만 달라질 뿐 사계절 내내 마트의 매대는 빈 적이 없다. 오른 가격만큼 생산자에게 돌아가지 않는 유통 시스템의 문제와, 행여 돌아간다 한들 무더위와 싸운 노력에 비하면 터무니없다는 현실을 알고 있을까. 나조차 이 사실을 망각하고 편하게만 먹고 지낸 지난여름을 다시 떠올려 보았다.

No Farm, No Food. 도마 위의 자투리 채소와 싱크대에 널브러진 흙을 보고 있다가, 여행 중 어느 담벼락에서 발견한 문장이 떠올랐다. 접시 너머의 것, 그러니까 사람과 자연의 존재를 가볍게 여기면 이들은 끝내 사라질지 모른다. 그렇게 되면 결국 우리가 그토록 열광하는 맛있는 음식도 없어질지 모를 일이다. 어쩌면 인류는 음식 너머의 존재를 확인하려고 요리라는 행위를 끊임없이 이어 왔는지도 모른다. 그래서 앞으로도 아무리 덥고 귀찮아도 채소를 씻고 다듬는 것을 멈추지 않을 생각이다.

점점 여름의 변덕이 심해진다. 어느 해는 덜 무덥고 또 어느 해는 더 무더울 거라던데, 노지의 땡볕이나 하우스 안에서 한여름을 보내는 어떤 이들에게는 큰 차이 없이 마냥 고생스러운 계절일 뿐일지도 모른다. 그들을 생각하다 보면, 앞으로도 여름에 내리쬐는 태양 아래에서 그냥 덥다는 소리만 하긴 어려울 것 같다.

먹을 게 널리고 널린
여름 복습하기

준비물 오로지 '여름'뿐

- 우리나라에도 잘 찾아보면 공심채, 오크라, 각종 허브 등 이국적인 작물을 재배하는 생산자가 있습니다. 앞서 말한 부부에게서 줄기콩(그린빈) 한 상자를 구입했습니다. 한 번에 다 먹기엔 많은 양이다 보니, 먹기 좋은 크기로 썰어 물에 데친 후 얼려 두었습니다. 줄기콩은 두루두루 쓰임새가 좋습니다. 볶음밥에 넣어도 좋고 오이나 양파, 토마토, 강낭콩 등 여름 채소를 모아서 식초나 레몬즙, 설탕, 후추에 버무리면 상큼한 샐러드가 완성됩니다.

- 깻순과 두부를 물에 데쳐 조물조물 섞어 간장으로 간을 하고, 들기름 몇 방울 쪼르르 따라서 마무리하면 기가 막힌 여름용 밑반찬이 됩니다. 큰 잎은 큰 잎대로, 작은 입은 작은 잎대로, 알맹이는 알맹이대로, 하여간 깨 한 줄기는 우리에게 많은 것을 준다는 걸 새삼 깨닫습니다.

- 자투리 채소가 아직 남았다면, 아무래도 피클 만한 것이 없습니다. 물, 설탕, 식초를 동량으로 섞어서 팔팔 끓여 촛물을 만든 다음, 깍둑 썬 채소에 붓습니다. 냉장고에 며칠 식혀 두었다 꺼내 먹으면 맛있는 여름 반찬, 피클이 완성됩니다. 모양도 이쁘게 썰 것 없고 삐뚤빼뚤한 자투리 채소도 괜찮습니다. 혹시 레몬 한 조각이 있다면 꼭! 넣는 것을 추천합니다.

가을을
거두면

우둑우둑, 우둑우둑.

단단한 땅콩 껍질을 깨면 속이 꽉 찬 알맹이 두 알이 보인다. 속살 비치기가 무섭게 입으로 가져간다. 다시 우둑우둑. 고소하고 쌉쌀한 땅콩 알이 목구멍으로 넘어가기도 전에 이미 손은 다음 땅콩의 껍질을 깨느라 바쁘다. 자고로 햇땅콩은 껍질째 삶아서 먹는 것이 최고다. 호프집에서 흔히 먹는 얇은 속껍질의 땅콩과는 차원이 다르다.

한낱 이 작은 알맹이가 기쁨을 주고 있다. 땅콩엔 맥주가 필수이지만 마시지 않기로 한다. 여름내 더위를 이기고 온 이 알맹이이게 모든 관심을 몰아주고 싶었다. 탁- 하는 소리에 행여 한 알이라도 놓칠까 두려운 두 눈은 바닥을 훑느라 정신없다.

사실 이 햇땅콩에겐 눈물 없이는 들을 수 없는 짠한 사연이 있다. 여름께 심어 둔 땅콩의 꽃이 지면 기다란 뿌리같이 생긴 씨방 자루가 땅에 떨어지는데, 신기하게도 이것들이 알아서 땅속에 자리를 잡아 열매를 맺고 영글면 바로 땅콩이 되는 것이다. 말 그대로 '땅에서 나는 콩'이라 땅콩인 거다. 세상엔 물론 사연 없는 열매가 없다지만, 씨를 심은 자리에 그대로 뿌리내려 자라는 다른 열매들에 비해 땅콩은 좀 더 주도적인 성장 과정을 겪는 것이다.

"그러니까 두꺼운 비닐을 뚫고 나온 거야. 가뜩이나 작은 알맹이가 그걸 뚫겠다고 얼마나 용을 썼겠어. 내년에는 비닐을 씌우지 말거나 꽃이 지자마자 얼른 거두어야겠어."

텃밭을 가꾸던 어머님은 씨방 자루가 떨어져 열매를 맺을 즈음에 땅에 씌워 둔 비닐을 미리 걷어 주지 못한 게 계속 마음에 걸리신단다. 하지만 그 어려움을 겪고도 이렇게 실하게 속을 채웠다며 땅콩들에게 칭찬을 아끼지 않는다. 땅콩의 이런 사정을 알고 있어서 그런지 우둑거리는 소리가 꽤 웅장하게 들려온다.

우둑우둑. 입으로부터 나는 소리는 금세 귓전을 울린다. 문득 가을이 느껴진다. 아니 정확히는 가을의 끝이 느껴지는 소리다.

기억 속에 남은 어렸을 적 가을은 즐기기 충분할 만큼 길고 훌륭했다. 가을을 주제로 그림을 그리면 코스모스가 살랑이고 잠자리가 날아다니는 풍경만 주구장창 그려 댔다. 한손엔 잠자리채를, 그리고 다른 한 손엔 곤충 상자를 들고 시원한 가을바람을 맞으며 쏘다니던 기억이 아직 생생하다. 기껏해야 일주일 쉬는 방학인 듯 아닌 듯한 가을방학은 그래서인지 다른 방학보다 더 기다려졌다. 가을은 바람도 넘치지 않고 해도 넘치지 않는, 모든 게 적당했던 계절이었다.
그런데 언제부턴가 사계절 중 봄과 가을이 짧아지고 여름과 겨울의 온도 차가 점점 더 극명해졌다. 특히 가을은 눈 깜짝할 새에 지나고 마는 '찰나의 계절'이 되어버렸다. 이제는 잠자리채 대신 주섬주섬 맨투맨티를 꺼내는 남편의 모습을 보면서 새삼 가을이 왔음을 알아차린다. 매해 아끼지 말고 실컷 입자는 결심이 무색하게 가을 외투는 서너 번도 채우지 못하고 옷장 깊숙이에 걸리기를 반복한다.

그 사이 식탁에는 삶은 햇땅콩, 검게 그을린 고구마, 못난이 귤이 올라왔다. 차가운 아이스 아메리카노가 아닌 따뜻한 뿌리채소 차를 마신 지도 오래됐다. 어느새 베란다엔 고구마가 수북이 쌓였고, 냉장고에는 무와 당근, 달콤한 알배추가 든든하게 자리 잡았다. 여름내 생으로 먹던 잎채소는 자취를 감춘지 오래이며, 밥상엔 삶고 끓이고 볶고 지져 먹는 따뜻한 요리가 오르기 시작했다. 요즘은 주로 하우스에서 농사를 지어서제철 채소가 별 의미가 없다지만, 그래도 가을은 틈새를 비집고 기어코 찾아든다.

어느 해부터인가 그렇게 좋아하던 가을을 맞는 것이 마냥 기쁘지만은 않다. 연일 최고 기온을 갱신했다는 뉴스를 본 게 불과 엊그제 같은 기억이 생생한데도 금세 바람의 온도는 한층 시원해진다. 마치 아무 일 없던 것처럼 여기기엔 지독하게 뜨거웠던 여름의 잔열이 남은 상태다. 더위가 쓸고 간 처참한 땅의 한가운데에 서 있으면 예전엔 기쁨이던 가을을 즐길 의욕이 사라진다.

누군가에겐 이 여름이 그저 더운 날에 불과했겠지만, 또 누군가에겐 생계를 위협할 정도의 고통 그 자체였을지도 모른다. 더위에 직격탄을 맞는 농부와 함께 일하는 나에게 여름은 확실히 후자였다. 8월에서 9월, 9월에서 10월로 달력을 넘길 때마다 과연 올해는 가을이 올까 하는 노파심도 점점 커져만 간다. 이번 가을엔 과연 거둘 결실이 있기나 할까. 고개를 숙이는 벼가, 땅심을 듬뿍 빨아들인 뿌리가, 주렁주렁 맺힌 형형색색의 열매가 과연 영글어 줄까하는 걱정 말이다.

다행인지 불행인지 땅과 하늘의 시계는 여전히 돌고 있다. 가을이 되면 농부들은 숨 돌릴 틈도 없이 갖가지 여문 곡식과 열매를 거두어들이는, 이른바 '가을걷이'를 시작한다. 덕분에 시장과 마트의 매대 위에는 가을을 대표하는 다양한 먹을거리가 오르기 시작하고 여름내 불안했던 밥상도 안정을 되찾은 것처럼 보인다.

아주 옛날에도 여름은 매한가지로 혹독했던지라, 이맘때를 자축하기 위해 마을에서는 잔치를 벌였다고 한다. 지금은 사라져서 보기 어렵지만 아직 '가을걷이 잔치한마당'이라는 이름으로 지금까지 축제를 여는 지역도 있다. 내가 근무하는 생협에서도 매해 10월 마지막 주 토요일이 되면 생산자와 소비자가 한데 모여 결실의 기쁨을 나누는데, 그것도 어느새 서른한 번째가 되었다.

가을걷이의 의미가 가을을 '걷는' 것인지, 가을을 '거두어들이는' 것인지 아직도 헷갈리는 것만 빼면, 해가 지날수록 이 축제를 맞이하는 마음이 점점 애틋해진다. 유난히 힘든 여름을 보낸 해는 더 그렇다. 그래서 생산자와의 줄다리기, 강강술래에 더 열을 올리게 된다. 그렇게 10월의 대미를 장식하고 나면 그제야 뜨거운 여름을 잘 이겨 냈다는 안도감이 밀려들면서 가을이 왔음을 실감하지만 때는 이미 늦었다. 그쯤이면 어느새 겨울이 코앞에 다가와 있기 때문이다.

정확히 언제부터였는지는 모르지만, 10월 마지막 주를 할로윈데이 축제 기간으로 인식하기 시작했다. 그래서 10월이 되면 할로윈데이에 관련된 다양한 이벤트와 콘텐츠가 쏟아진다. 심지어 유치원이나 학교에서도 할로윈데이는 연중 중요한 행사가 되었다고 들었다. 한때는 10월의 마지막 날 밤엔 발 디딜 틈 하나 없는 이태원 거리를 활보하는 게 큰 재미라고 여긴 적이 있긴 했다. 특별할 것 없는 일상에서 맘껏 놀고 먹고 즐기는 유쾌한 하루를 마다할 이유가 없었기 때문이다. 하지만 이제 10월의 마지막 토요일이면 가을걷이 잔치에서 마시는 막걸리를 좋아하게 됐다.

솔직한 마음으로는 10월이 되면 조바심이 나기 시작한다. 날이 뜨거워지는 만큼 혹독한 여름을 난 농부와 그 결실에 대해 더 많은 사람들이 알아주었으면 하는 마음이 앞서기 때문이다. '라떼는 말이야' 하는 전통을 되찾자는 것만은 아니다. 해마다 예측할 수 없는 날씨에 울고 웃으며 고군분투하는 그들 덕에 도시의 우리가 이번 여름에도, 또 가을에도 맛있는 음식을 먹게 된 것을 알았으면 하는 바람이다. 그리고 그 즈음해서 우리도 즐거운 잔치를 벌인다는 사실도 말이다.

세상 모든 사람이 알면 좋겠지만 그렇다고 강요할 생각은 없다. 단지 가을이 오는 즈음이면 욕심만큼 내가 해볼 수 있는 노력을 찾아보자고 다짐할 뿐이다. 앞으로 더 많은 사람들과 함께 기쁘게 가을을 거둘 그 날을 위해서 말이다.

무더위 이기고 온 귀한 결실
삶은 햇땅콩

준비물 껍질이 있는 가을 땅콩

- 요리법이랄 것도 없습니다. 단단하고 누런 겉껍질째 물에 30~40분 삶기만 하면 됩니다. 잘 삶아진 땅콩은 한 김 식힙니다.

- 지금부터가 중요합니다. 땅콩이 식었다고 한꺼번에 까두지 않고 그때그때 껍질을 까먹는 것입니다. 생경하지만 밝은 갈색으로 변한 속껍질은 그대로 먹습니다. 볶지 않고 물에 삶으면 오동통하고 부드러운 땅콩을 그대로 느낄 수 있습니다.

- 다 먹지 못한 것은 땅콩 조림을 해먹는 것도 이 가을 땅콩을 즐기는 방법 중 하나입니다. 간장과 당류를 동량의 비율로 섞어 물을 넣고 바글바글 졸여 내면 끝입니다. 생땅콩의 풋내가 싫다면 맛술 한 큰 술을 넣어주어도 좋습니다.

만나서
이야기합시다

"더 가까이 앉읍시다. 그래야 이야길 나누지."

어색한 공기가 흐르는 가운데 많은 사람들이 마주 앉았다. 마이크를 주고받던 그들은 사뭇 진지한 얼굴로 까르르 웃기도 하고, 간간이 깊은 한숨을 쉬기도 했다.

생산자와의 만남. 흔한 단어의 조합이긴 하지만 아마 이를 직접 경험한 이는 많지 않을 것이다. 하지만 생활협동조합에 근무하는 나에겐 매우 익숙하다. 말 그대로 생산자와 소비자가 만나서 서로의 이야기를 하는 자리이다. 생산지에 가서 완장을 차고 '점검'을 한다거나 딸기나 버섯을 따는 '체험'이 아닌, 생산자와 소비자가 얼굴을 맞대고 서로의 사정을 이야기하는 자리다.

이날은 해가 갈수록 뚜렷해지는 이상 기후로 인해 생긴 생산

현장의 어려움과 품질이 고르지 않은 상황이 거듭되면서 고민이 깊어진 생산자가 소비자 측에 요청하여 성사된 자리였다. 누가 먼저 요청하든 이곳에서는 이런 만남의 자리가 종종 진행된다.

어쩌면 온라인 매체와 통신이 이렇게 발달해 있는데 농촌의 생산자와 도시의 소비자가 시간을 내어 만날 것까지 있느냐고 할 것이다. 정 궁금하거든 마트에 걸린 포스터나 온라인 마켓의 상세 페이지에서 활짝 웃는 생산자의 얼굴을 보는 방법도 있는데 말이다. 도시의 소비자는 사진 속 활짝 웃는 생산자의 얼굴을 보면서 안도와 신뢰를 느낀다. 생산 과정과 품질의 위대함은 잘 다듬어진 문구에 충분히 표현되어 있어서 두 눈으로 직접 확인할 필요도 없을 것만 같다. 마침 먹음직스러워 보이는 형형색색의 과일과 텃밭에서 갓 따온 것 마냥 물방울 맺힌 싱싱한 잎, 그리고 활짝 웃는 생산자의 얼굴이 담긴 사진 앞에서 그들의 고충을 생각해 볼 틈이란 없다.

2015년, 한 대형 마트가 국내 농축수산물 농가를 발굴하여 소비자에게 싸고 품질 좋은 제품을 판매한다는 취지의 프로젝트를 진행했다. 덕분에 마트에는 '생산자의 웃는 얼굴'이 커다랗게 걸렸고, 이는 도시와 농촌의 거리를 좁혀 주는 듯했다. 생산자의 얼굴을 내건 것은 이보다 훨씬 오래전부터 국내 여러 생협에서 이미 강조한 것이긴 했다. 하지만 어디까지나 이 것은 부수적인 것이었을 뿐, 지금처럼 구매에 막대한 영향을 미치지는 않아서 필수 요소는 아니었다. 여기저기서 전면에 활짝 웃는 생산자의 얼굴을 내걸기 시작하자 그들의 사진은 이제 먹을거리 유통에서 없어서는 안 될 필수 콘텐츠가 되었다. 누가 원조인지 따지자는 것은 아니지만, 도시의 소비자와 농촌의 생산자 간의 거리를 좁히려는 노력은 국내 여러 생협의 오랜 고민이자 미션이었다. 생협마다 지향하는 바와 방식이 조금씩 다르긴 해도 소비자와 생산자가 가까이 관계를 맺는 것으로부터 시작이라는 생각은 비슷했을 것이다.

생협에서 근무하며 소비자와 생산자의 간극을 좁히는 역할을 맡은 나는 글이든 사진이든 생산자와 그가 처한 현실을 가감 없이 담으려고 노력했다. 기후 변화로 인한 농업의 어려움, 하루가 다르게 늙어 가는 농촌의 모습, 시장 경제로 농산물이 제값을 받기 어려워지는 상황까지 모두 실어서 생산자의 희로애락을 전하려고 부단히 애를 썼다.

하지만 고백하건대, 어느 순간부터는 이런 민낯을 내보이기가 부담스러워졌다. 주위에 온통 자신의 농산물을 들고 환하게 웃는 생산자의 모습만 보여서일까. 세상 어디에도 힘들고 괴로운 얼굴을 한 생산자를 보고 싶은 소비자는 없을 것이다.

어쨌든 소비자 사이에서도 '활짝 웃는 생산자가 수확한 것= 건강하고 싱싱한 농산물'이라는 인식이 확산되기 시작한 것 도 사실이지 않은가.

"이렇게 힘드시다는데⋯. 한여름 매장에 가면 매대가 텅텅 비어있거나 그마저 있던 채소도 시들해져 있는 모습을 보면서 짐작은 했지만, 솔직히 이 정도일 줄은 정말 몰랐어요. 그래도 소식지에 활짝 웃고 있는 생산자의 모습을 보면서 내심 마음을 놓았어요. 정말 괜찮은가보다 하고요."

변덕인 날씨와 상황으로 품질이 고르지 않아서 힘이 든다는 생산자의 이야기에 어느 소비자가 이렇게 대답했다. 그 순간 나는 갑자기 얼굴이 벌겋게 달아오르고 있음을 느꼈다. 녹록지 않은 상황을 토로하던 생산자와의 인터뷰를 마치고, 사진을 찍자면서 '활짝 웃어 달라'는 주문을 했던 게 생각난 것이다. 결국 그 달에도 활짝 웃는 생산자의 얼굴을 카메라에 담고 말았다.

"사실 힘든 티를 내는 것이 정말 어려워요. 내가 생산한 먹을거리로 소비자의 마음을 불편하게 하고 싶지는 않거든요. 읍소해 봐야 보내는 이나 받는 이나 마음이 편치 않은 건 마찬가지잖아요. 그래서 기왕 드시는 거, 기분 좋게 드시는 게 좋아서 한 번 더 애써 웃어 보이는 게 솔직한 심정이죠."

생산자에게 웃어 달라고 주문한 건 좋은 게 좋은 거라는 생각에서였다. 카메라를 향해 애써 웃던 생산자도 아마 같은 생각이었을 거다. 한숨이 가득 담긴 먹을거리를 기쁘게 먹을 사람이 얼마나 있을까 싶었던 것이다. 이런 상황을 누구보다 잘 알고 있는 내가 오히려 모두가 원한다는 핑계로 생산자의 그늘에 빛을 비추며 애써 감추려던 것이 아닌가 싶어졌다. 죄책감이 몰려왔다. 또다시 머리가 멍해졌지만, 다시 이들의 대화에 집중하기로 했다. 이럴 때일수록 냉정하게 현실을 마주해야 한다.

"하지만 소비자 입장에서는 어쩌면 좋은 품질의 먹을거리를 원하는 것도 당연한 것 아닌가 싶어요."

그동안 고개를 끄덕거리며 대화에 공감하던 한 소비자가 어렵사리 꺼낸 이야기였다. 사실 중간 과정이야 어떻든, 소비자 입장에서는 대가를 지불하고도 막상 시들시들하고 삐뚤빼뚤한 채소를 받으면 아쉬운 것도 당연하기는 하다.

"네, 그래서 저희도 계속 연구하고 있습니다. 저장 방식이나 농장의 시스템 등 실험을 거치면서 데이터화 하는 식으로 최적의 방안을 찾고 있어요. 농사는 하늘이 짓는다지만, 이젠 하늘을 예측하기가 어려워졌잖아요. 어렵지만 해보렵니다."

마이크를 건네받은 다른 생산자가 경쾌한 어조로 말했다. 무거워진 공기가 금세 떠올랐다.

"아무리 노력해도 생산이 어려운 것들은 결품을 내 주세요. 그래야 모두가 어려운 상황을 알 것 같아요. 이렇게 힘들어하시는데, 정작 마트에 가 보면 매대는 가득 차 있다 보니 여기 사람들은 전혀 알 수가 없거든요. 그리고 힘든 상황이 있으면 이렇게 간담회나 편지 같은 다양한 경로를 통해서 상황을 꼭 알려 주시면 좋겠어요. 그래야 우리도 각자 동네로 돌아가서 이웃에게 함께 극복해 보자고 이야기를 할 수 있잖아요."

순식간에 무거운 분위기가 전환되었다. 그제야 생산자나 소비자 모두의 얼굴에 웃음기가 비쳤다. 그리고 각자의 위치에서 해볼 수 있는 만큼 최대한 노력해 보겠다는 의지의 목소리가 흘러 나오기도 했다.

"네, 저희도 이런 상황을 허심탄회하게 알리려고는 하는데 막상 상황이 닥치면 그게 잘 안돼요. 아마 지금같이 웃어 보이기만 할지도 모르겠고요. 그래도 이렇게 자주 만나서 이야기 나누면 더 솔직한 모습을 보일 수 있겠지요?"

서로 무슨 할 말이 그렇게 많은지 이야기는 도무지 끝날 기미가 보이지 않았다. 소비자가 생산자에게 질문을 쏟아 내는 일방적인 대화가 아니었다. 선호하는 작물이 있느냐, 어떤 요리를 좋아하느냐 하는 등 생산자도 소비자에게 궁금한 점을 묻기도 했다. 그러다 분위기가 처지면 잽싸게 어느 한쪽이 가벼운 농담을 건네면서 경쾌한 리듬을 이어 갔다.

어느 소비자는 연예인을 만나는 것보다 생산자를 만나는 것이 더 반갑고 기쁘다고 했고, 어느 생산자는 새벽까지 밭 정리를 하고 와서 피곤하긴 하지만 서울 간다는 것에 설레서 잠을 못 이뤘다고도 했다. 탄식과 웃음 사이에서 서로의 마음을 그렇게 자연스럽게 꺼내 보였다.

"이렇게 얼굴 마주하고 이야기를 나누니까 너무 좋아요."
"저희도 마찬가지입니다. 정말 힘이 나요. 고맙습니다."

생산자나 소비자의 연으로 만나긴 했지만 사실 밥상을 차리는 데 있어 없어서는 안 되는 동료나 마찬가지다. 서로의 존재의 의미를 알아서였을까. 꼭 이런 만남의 끝은 고마움을 전하는 것으로 마무리 된다.

유기농이든 관행농이든 농촌의 현실은 갈수록 어려워진다. 변화무쌍한 하늘을 예측하기도 어렵고, 육십 대 어르신이 그 동네의 막내이기도 한 것이 지금 농촌의 현실이다. 2019년부터는 일부 품목에 한해 '농산물 최저가격 보상제'를 시행하긴 했지만, 시장 상황에 따라 넘쳐 나는 농산물은 여지없이 제값을 받지 못하는 경우가 속출한다.

이럴 땐 오히려 팔수록 손해라 밭을 갈아엎었다는 이야기도 종종 들려온다. 예전처럼 풍년이 마냥 기쁜 일만은 아닌 것이다. 맛에는 전혀 영향을 미치지 않지만 조그마한 흠집이 있으면 반품으로 되돌아오거나 버려진다. 시장에서는 올곧고 예쁜 것만이 선전한다. 사람들의 밥상엔 열대 과일이나 지구 반대편에서 온 포도 같은 것이 더 자주 오르기 시작했다.

나주의 대표 작물이던 배는 기후 변화로 지금은 안성에서 재배하는 것이 더 수월해졌다. 지역 특산물이 바뀐 것 외에도 기후와 환경의 변화로 예상치 못한 병해충이 논과 밭을 뒤덮기도 한다. 정작 농촌의 현실은 이러한데도 희한하게 우리는 먹을거리를 더 쉽고 간편하게 접할 수 있는 세상에 살고 있다.

사진 속에선 어김없이 생산자가 활짝 웃고 있었다.

'힘내요, 선배. 늘 응원하고 있어요. 올해 농사도 파이팅!'

취재를 마치고 회사로 돌아가는 길에 선배에게 문자 한 통을 보냈다. 그 자리에는 동료로 함께 일하다 귀농한 선배도 있었다. 그가 이제는 생산자로 참여한 것이다. 오후에 일정이 있어서 인사도 제대로 하지 못하고 나온 것이 내내 마음에 걸렸다. 이내 투박한 답장이 도착한다.

'고맙다, 지해야. 다음엔 얼굴 보고 이야기 나누면 좋겠다. 일 열심히 하고 수고해라.'

때마침 지나던 마트의 건물 벽에 '국산의 힘'을 외치며 웃는 생산자의 사진이 커다랗게 걸려있다. 언젠가 진정으로 그들이 웃을 수 있는 날이 오기를 바라본다.

달걀 한 알의
속사정

내가 근무하는 생협은 농업과 환경, 자원 등의 다양한 가치를 중요하게 여기는 곳이다. 그리고 7년째 근무 중인 일터이기도 하다. 이곳은 좋은 먹을거리와 생활용품 등을 직거래하는 일종의 유통 조직이다. 개중에는 '친환경'이나 '유기농'으로 구분되는 안전한―개인적으로 이 표현을 좋아하지 않는다―물품을 유통하는 곳인 만큼 생협의 이용자 대부분은 먹을거리의 안전과 건강한 식습관에 관심이 많은 사람들이다. 그렇다 보니 식품 안전사고가 터질 때마다 안팎으로 예민해지기 십상이다. 크고 작은 사고를 겪고, 나 또한 업계 종사자와 소비자 사이를 오가며 객관적 입장을 유지하거나 동요하기를 반복했다.

그동안 많은 일이 있었지만 가장 기억에 남는 사건을 꼽자면 2017년도의 일이다. 일명 '살충제 달걀 파동'이라 불리는 이 사건은 대중을 포함한 여러 생협을 애용하는 소비자, 생산자, 그리고 나와 같은 실무자에게도 큰 충격을 안겨 주었다. 그해 유럽에서 생산·유통된 달걀에서 살충제 성분인 피프로닐이 검출된 데에 이어 우리나라 달걀에서도 검출된 것이다. 설상가상으로 우리나라 달걀에서는 피프로닐 외에도 다른 살충제 성분이 기준치 이상 발견되었고, 심지어 친환경 인증을 받은 달걀에서도 검출됐다. 이 소식이 전해지자 소비자는 분노했고 업계엔 충격이 덮쳤다.

검출된 살충제는 주로 산란계<small>알을 낳는 닭</small> 양계장에서 닭 진드기나 벼룩을 잡기 위한 퇴치제로 사용되었다. 원칙적으로는 닭과 알을 케이지에서 꺼낸 후 살포해야만 하고 닭에게 직접 분사할 수 없다. 제대로 된 용법으로 적정량을 사용하면 진드기 퇴치 효과를 볼 수 있는 것은 물론 달걀에서도 검출되지 않는 것으로 알려져 있다.

그런데 A4 용지보다 작은 크기의 케이지에서 닭을 키우는 '공장식' 양계장의 경우라면 상황이 달라진다. 닭끼리 다닥다닥 붙어있는 양계장의 구조 때문에 진드기나 전염병이 순식간에 퍼지고, 재빨리 대응하지 않으면 산란율이 떨어지거나 최악의 경우에는 닭을 폐사해야 할 상황에까지 이른다. 하지만 달걀의 어마어마한 수요를 맞추기 위해서는 대규모로 운영하고 빠른 회전율을 유지해야 하므로 현장에서는 분명 지키기 어려운 나름의 사정이 있었을 것이다. 게다가 이를 규제하는 제도적 장치도 마땅치 않았다. 결국 이 모든 상황이 얽혀서 '살충제 달걀'을 만들어 낸 것이다.

반면, 내가 일하는 생협의 유정란에서는 해당 성분이 검출되지 않았다. 공장식 양계장이 아닌 햇빛과 바람이 잘 드는 개방형 평사에서 닭을 키우기 때문에 진드기가 발생할 일이 없어 살충제를 뿌릴 필요가 없었기 때문이다. 그런데 전혀 예기치 않은 곳에서 문제가 발생했다.

이곳에서는 닭의 품종과 먹이에 따라 몇 가지 종류의 달걀이 생산되는데, 이 중 재래닭의 유정란에서 DDT디클로로디페닐트리클로로에탄가 검출된 것이다. 문제가 된 이 달걀은 일반 유정란에 비해 맛이 좋고 영양가가 높다고 알려져서 다른 유정란에 비해 값은 더 나가도 건강에 유의해야 할 사람들이 주로 구매하는 달걀이었다. 물론 기준치 이하로 검출되긴 했지만 사건은 걷잡을 수 없이 커졌다.

사건이 터지자마자 역학 조사를 실시한 결과, 1960~70년대에 광범위하게 쓰인 DDT가 잔류된 흙을 닭이 쪼아 먹는 바람에 체내로 유입되었고, 유정란으로 전이된 것을 확인했다.

DDT는 이미 40여 년 전부터 국내에서 사용 및 판매가 중단되긴 했지만 반감기물질의 양이 초깃값의 절반이 되는 데 걸리는 기간만 최소 2~15년 이상이라, 지금까지 토양에 잔류해 있던 것이다. DDT를 땅에 뿌린 정확한 시점은 알 수 없어도 정황상 최소 40년 전에 뿌려졌다는 것인데, 사고를 떠나 그 이야기를 듣고 어안이 벙벙해졌다.

이런 땅의 사정은 전혀 알지 못한 채 더 나은 환경에서 유정란을 생산하기 위해 수년 동안 맨손으로 땅을 일군 생산자 입장도 소비자 못지않게 날벼락을 맞은 심정이었을 것이다. 원인이야 어쨌든 조사한 결과와 상황을 빼지 않고 소비자에게 전했다. 하지만 하루도 지나지 않아 친환경의 배신, 거짓, 기만 등 자극적인 제목을 단 기사가 쏟아졌다.

사람들은 친환경 인증제의 허술함에 대해 비난하기 시작했고 다른 것도 마찬가지 아니겠냐는 불신도 순식간에 퍼졌다. 그렇게 공장식 축산의 폐해를 극복하고 더 나은 먹을거리를 제공하기 위해 애써온 생산자와 이를 믿고 따랐던 소비자 사이의 거리는 영영 좁혀지지 않을 것 같았다.

그날 밤 뜬눈으로 밤을 보냈다. 문제가 된 양계장은 아니지만, 다른 양계장을 방문한 기억이 떠올라 몸을 뒤척였다. 넓은 축사에 잘 드는 채광, 바람까지 신경 썼다는 커다란 양계장을 안

내하면서 그 흔한 닭 냄새도 나지 않는다며 닭에게 인사를 건네던 생산자의 모습이 떠올라 자꾸 밤을 헤집었다. 비록 당사자는 아니지만, 동료로서 얼마나 허탈해하고 있을지 짐작하니 마음이 미어졌다.

공장식 축산의 폐해와 결과 중심의 국가 인증제를 떠올리면 '살충제 달걀' 사고는 어쩌면 터질 게 터진 것이라는 생각이 들었다. A4 용지보다 좁은 공간에서 오로지 알을 낳기 위해 존재하는 닭으로부터 우리는 대체 얼마나 좋은 달걀을 얻으려고 했던 걸까. 어쩌면 이런 환경에서 '안전'하고 '좋은' 먹을거리를 기대하는 것 자체가 욕심이지 않을까. 그러다가 또 억울하다는 생각도 들었다. 생산자가 문제의 해결을 위해 애써온 과정과 노력, 시간 등이 결과 앞에 처참히 무너졌기 때문이냐. 어쩌면 우리는 오로지 결과만을 놓고 먹을거리의 좋고 나쁨을 따지려고 한 것이 아닌가 싶었다.

무려 40년 전에 땅에 뿌린 살충제가 지금까지 발견될 정도라면, 어쩌면 세상엔 마음 놓고 먹을 것이 하나도 없다는 말이 맞는 것 같다. 이 정도면 애초에 유기농과 친환경적인 농사가 가능하긴 할까 하는 근본적인 의문도 들었다. 그렇게 바라는 유기농이나 친환경적 방법으로 백날 농사를 지어 봐야 땅과 공기, 물과 같은 자연이 DDT와 같이 반감기가 긴 유해 물질에 이미 오염되었다면, 설사 잔류 농약 검사에서 아무 성분이 검출이 되지 않았다 한들 훗날 어떤 영향을 어떻게 끼칠지 모르는 일이다. 이런 상황에서 유해 물질의 검출 유무로 인증을 부여하는 현재의 국가 인증 방식이 얼마나 유효한 것일까.

과거에 무분별한 사용했던 각종 농약, 살충제, 폐·오수로 오염되어 버린 땅의 회복은 인간의 노력이나 돈만으로는 해결할 수 없다는 사실을 깨닫는다. 땅이 회복하려면 오직 얼마나 걸릴지도 모를 오로지 긴긴 '시간'뿐이라는 것을 말이다. 이 사실을 진즉에 깨닫고 씨를 뿌리기에 앞서 몇 년에 걸쳐 땅을 일구던 생산자를 가까이에서 봐 온 나는, 새삼 이들이 대단하게 느껴졌다.

달걀 한 알로 먹을거리의 복잡한 속사정이 세상에 낱낱이 드러났다. 이 과정에서는 꼭 누구 하나를 응징하고 나서야 원성이 잦아드는데, 안타깝게도 대개 이 대상은 생산자다. 요새는 인식이 나아져서 공장식 축산과 다음 세대를 위해 오염을 최소화하자는 움직임이 있긴 하지만 그때뿐이다. 시간이 흐르면 다시 둔감해지고 사고는 여지없이 반복된다. 이 과정에서 소비자와 생산자 모두 상처를 입는다. 그리고 우리는 이 모든 걸 잊고 또다시 '더 안전한' 달걀을 찾아 나선다.

재래닭 유정란 사건 이후 ㅎ생협에서는 그동안 문제를 제기

해 온 '결과 중심'인 국가 인증 시스템의 한계를 극복하고자 자체적인 '과정 중심' 인증제를 도입하기 위해 노력 중이다. 그리고 해당 생산자에 대한 응원을 거두지 말아 달라고 호소했다. 그 마음을 알았는지 며칠이 지나자 분위기가 반전됐다. 이참에 동물 복지를 위한 제도적 시스템을 강화하자는 의견도 있었고 생산자의 마음을 헤아리며 새 출발을 응원한다는 반응이 나타나기 시작한 것이다.

사건은 일단락되었지만, 해가 갈수록 안전한 먹을거리에 대한 대중의 관심이 커지고 더 나은 먹을거리를 향한 욕구가 다양해지고 있음을 체감한다. 그럴수록 현재의 유통 구조와 열악한 생산 현장에서 진정한 유기농, 친환경이라는 식품의 유토피아가 지속 가능한 것일지 하는 회의가 밀려 드는 것도 사실이다.

먹을거리 이슈는 워낙 분야가 다양하고 여러 이해관계가 복잡하게 얽힌 일이라서 한번 터지면 걷잡을 수 없이 사건이 확대된다. 게다가 대중의 반응은 즉각적이고, 사실 관계를 따질 시간조차 없이 생산 농장이나 공장이 하루아침에 사라지기도 한다. 이 과정에서 서로가 서로에게 상처를 주고 또 받게 되면서 생산자나 소비자 모두 온전히 안전한 쪽은 없어진다.

살충제 달걀 외에도 최근에는 찬반 입장이 팽팽한 유전자조작식품GMO, 일본의 방사능 오염 먹을거리 등에 대한 이슈도 부각되고 있다. 2020년에 진행 예정이던 도쿄 올림픽이 코로나19로 인해 연기되었지만, 여전히 방사능 물질 오염에 대한 우려는 사라지지 않고 있다.

이외에도 공장식 축산의 문제로 대두된 채식의 필요성 등 식품 업계를 달구는 뜨거운 감자만 해도 한두 개가 아니다. 거기에 이상 기후, 도무지 맞지 않는 수요와 공급, 탁상공론에 지나지 않는 농업 정책, 농촌 고령화 등의 여러 문제에 직면한 생산자의 현실은 도무지 나아질 기미가 보이지 않는다. 결과 중심의 현 인증제와 유통 시스템, 농촌의 현실, 이상기후, 미디어 등을 종합해서 유기적인 시각으로 먹을거리 문제를 바라보지 않으면 앞으로도 비슷한 사건 사고는 수없이 반복될 수밖에 없다.

아마 식탁 위에 놓인 모든 것에는 달걀처럼 말하지 못한 속사정이 있을 것이 분명하다. 언제쯤 이들의 말을 들어줄 수 있을까. 진정한 의미의 '좋은 먹을거리'에 대한 고민이 나날이 깊어진다.

※ ㅎ생협의 공식적인 입장과는 무관한 주관적 견해입니다.

요리는 마음을 비추는 거울이야

영화 「리틀 포레스트」

삶의 식탁

행복 요리로 차리는

3부

주방에서 부리는
요술

믿기지 않지만 내 눈앞에서 노릇노릇 튀겨지고 있는 건 감자 튀김이 분명했다. 패스트푸드점에서 맡던 익숙한 냄새가 나는 것이 제법 그럴싸했다. 어디서 본 건 있어서 지글지글 끓는 감자 몇 개를 기다란 젓가락으로 집은 다음 기름을 탈탈 털었다. 그리고는 칼질이 서툴러서 삐뚤빼뚤해진 감자튀김을 키친타월 위에 올려 두었다. 반질거리던 감자튀김은 기름이 쏙 빠지며 바삭해진다. 대체 어떤 이유인지 기억은 나지 않지만, 머리털 타고 처음으로 요리다운 요리를 해본 것이 감자튀김이었다. 갓 튀긴 감자튀김을 베어 물었을 때는 첫 월급을 탔을 때만큼 기뻤다.

감자튀김의 성공—요알못의 첫 요리가 무려 튀김이었다—으로 자신감을 얻은 나는 주구장창 하던 달걀 요리를 벗어나 찜, 조림, 튀김 등 다양한 종류의 요리를 시도하기 시작했다. 맛으로만 보면 성공보단 실패가 더 잦았지만 전혀 개의치 않았다. 요리하고, 먹고, 치우는 행위 자체를 즐길 뿐이었다. 오늘은 어떤 식재료로 무슨 요리를 할지, 다 된 요리는 어떤 접시에 담을지 고민하는 것 자체가 재미있었다. 분명 결혼하기 전까지는 그랬다.

결혼하고 1~2년 동안은 거의 매일같이 남편과 다투기만 했다. 이미 30년을 다르게 살아온 사람들이 하루아침에 하나가 되는 기적 따위는 없었다. 부부는 일심동체一心同體가 아닌 이심이체二心異體라는 트렌디한 주례사는 우리를 두고 하는 말이 분명했다. 대체 누가 부부 싸움은 칼로 '물' 베기라고 했던가! 우리의 경우는 어느 하나가 쩍 하고 갈라지고 나서야 비로소 싸움이 끝나는 '무' 베기였다. 다른 건 어떻게든 넘겼지만 좀처럼 생각의 차이가 좁혀지지 않고 지긋지긋하게 삐걱대던 문제가 있었다. 바로 '끼니' 문제였다.

뭘 어떻게 먹을지를 중요하게 여기는 나와는 달리 남편은 요리에 통 관심이 없었다. 먹을 것이 없으면 요리를 해서라도 제대로 먹어야 한다는 나와는 반대로 남편은 대충 아무거나 먹으면 된다는 생각이었다. 신혼이라면 누구나 한 번쯤은 상상했을 부부가 주방에 나란히 서서 요리를 한다는 것도 기적에 가까워 보였다. '요리하는 남자'가 한창 인기를 끌 때였지만 우리 집과는 동떨어진 이야기였다.

무엇보다 누군가 남편에게 밥은 잘 '챙겨' 먹었냐며, 안부를 가장하여 나의 살림 재간을 확인하려 드는 것이 싫었다. 외벌이든 맞벌이든 자고로 집안일은 여자가, 바깥일은 남자가 해야 한다는 옛날이야기는 더 이상 듣기 싫었다. 내가 먹고 싶을 때에 나 자신을 위해 요리하는 것이 아닌, 아무도 챙겨 주는 사람 없이 오로지 의무감으로 요리해야 하는 현실이 지긋지긋했다.

그렇게 끼니마다 소리 없는 전쟁을 치르게 되면서 점차 주방에 발길을 끊게 되었다. 낮에는 각자 밖에서 해결하고, 평일 저녁이나 주말에는 배달 음식이나 외식으로 배를 채웠다. 맛이 어설프고 모양이 엉성하긴 해도 직접 차린 집밥이 그립기도 했지만, 이런 일일수록 초장에 해결해야(?) 한다는 주변의 훈수에 꾹 참기로 했다. 감자튀김의 성공을 만끽하던 때가 분명 있었는데… 고작 1년 만에 이 사달이 난 것이다.

하지만 그 틈에도 요리를 향한 열정은 감출 길이 없었다. 유료 플랫폼을 통해 철 지난 국내외 요리 경연 프로그램을 두루 섭렵하며 그 마음을 겨우 달랜 것이다. 당장 따라 할 수 있을 것 같거나 맛있어 보이는 도전자의 요리를 볼 때마다 주방으로 달려가고 싶은 마음이 굴뚝같았지만 마음을 단단히 고쳐먹었다. 그럴 때일수록 프로그램에 등장하는 진지하고 절박한 사연을 가진 도전자의 꿈과 용기에 집중했다. 요리 금단 현상 때문에 예민해지는 만큼 더욱더 도전자에게 감정을 이입했다.

그렇게 열중해서 프로그램을 보고 있는데 별안간 산통을 깨는 장면이 등장했다. '요리는 장난'이라는 어느 도전자의 말이 들리는 순간 나는 내 귀를 의심했다. 이 발언으로 그야말로 감동 파괴를 일으킨 해당 도전자는 태도는 물론 방송 중 음주 논란까지 빚어져 순식간에 대중의 도마 위에 오른 횟감이 되었다.

사건의 전말은 이랬다. 소스를 만들면서 남은 맥주를 경연 도중에 마신 것이 화근이었다. 여기에 '요리가 장난'이라는 그의 말에 심사 위원들은 온갖 쓴소리를 퍼부었고, 대중에게는 한없이 가벼운 인상을 남기고 말았다.

훗날 해당 도전자가 비하인드 스토리를 통해 이 사건에 대한 자신의 입장을 밝혔다. '요리는 유희'라고 생각했던 그가 유희라는 표현이 인위적으로 느껴져서 대체 단어로 고른 것이 하필 '장난'이라는 단어였음을 고백한 것이다. 게다가 본인은 요리하면서 맥주를 마시는 걸 즐기기 때문에 그날도 그냥 평소처럼 한 것뿐이라고 했다. 하지만 여전히 절박한 도전자들 사이에서 유독 가벼워 보이는 그의 태도가 거슬렸다.

'어찌됐든 결론은 요리가 유희? 장난? 즐거움? 정말 팔자 한

번 좋네. 요리가 의무이자 책임, 심지어 생존까지 걸린 사람들이 있는 마당에?' 경연에 참여한 다른 도전자들에 비할 정도는 아니었겠지만, 그의 여유에 단단히 상한 감정은 쉽게 풀어지지 않았다. 남편과의 싸움에서 밀리지 않으려고 눌러온 요리에 대한 욕구가 그렇게 엉뚱한 방향으로 튄 것이다. 하지만 그날 밤, 실로 오랜만에 주방에 섰다.

마르다 못해 색이 바랜 나무 도마가 한 달 전쯤에 두었던 그 자리에 그대로 있었다. 그릇과 수저 물기가 마른 자국이 선명했다. 그래도 물은 마시고 살았다고 컵에는 물기가 채 가시지 않았다. 컵 안의 물기를 털어 내고 냉장고에서 맥주 한 캔을 꺼냈다.

'칫. 이렇게 주방에서 맥주를 마시면 나도 요리는 재미, 아니 유희라고 말할 수 있으려나?' 주방에 서서 맥주 캔을 보면서 잠시 생각에 잠겼다. 그러고 보니 남편과 식탁에서 밥다운 밥을 먹은 지가 꽤 오래되긴 했구나. 삐뚤어진 마음을 핑계로 서지 못했던 꿈의 무대에 다시 선 기분도 들었다. 맥주를 따는 소리가 야밤의 적막을 깨고, 맥주 한 모금을 꿀꺽 넘기는 소리가 귓가를 울렸다. 그리고 무언가에 홀린 듯 베란다에 오랫동안 방치되어 있던 싹 나기 직전의 감자 두 알을 꺼내 왔다.

말캉해진 감자의 껍질을 벗기고 어긋난 내 마음처럼 삐뚤빼뚤 썰었다. 썬 감자는 물속에 담가 전분기를 빼고 마른 수건으로 물기를 닦았다. 기름을 자작할 정도로 프라이팬에 붓고 한참을 달군 후, 감자를 넣었다. 쩌렁쩌렁 감자가 튀겨지는 소리가 고요한 주방을 울렸다. 어느 정도 익었다 싶었을 때 감자를 꺼내 키친타월에 올려 두고 기름기를 뺐다. 그리고 감자를 다시 한번 튀겨 냈다. 요리 경연 프로그램에서 튀김은 두 번을 튀겨야 더 바삭해진다는 팁을 기억해 낸 것이다. 오랫동안 요리를 하지 않았지만, 처음 감자를 튀기던 그때보다는 손놀림이 확실히 능숙해졌다. 하긴 주구장창 요리 프로그램만 봐 왔으니 그럴 만도 하지 싶었다.

노릇노릇 튀겨지는 소리와 냄새에 잠이 깬 남편이 방문을 열고 나왔다. 오랜만에 주방에 선 나를 보고는 깜짝 놀란 눈치였다. 그냥 모른 척하고 혼자 마실까 했지만, 그에게 맥주 캔과 감자튀김을 건넸다. 감자튀김이 기가 막혔던 걸까, 아니면 맥주 한 캔이 요술을 발휘한 걸까. 신기하게 그로부터 며칠 후, 드디어 우리는 끼니 문제의 종전을 선언했다.

"나는 정말 요리엔 영 재미를 못 붙이겠고 소질도 없는 것 같아. 요리가 어렵게 느껴진다고 해야 하나. 자기만큼 요리를 즐기거나 잘하지도 못해. 물론 노력이야 하겠지만, 솔직히 자기가 원하는 대로 반반씩 번갈아 가면서 밥상을 차릴 자신은 없어. 미안해. 하지만 나는 다른 일을 전담할게. 그렇다고 전적으로 자기가 요리를 다 했으면 한다는 의미는 아냐. 다른 방법을 찾아보자."

곰곰히 생각해 보니 남편은 요리를 요구하거나 의무로 강요한 적이 단 한 번도 없었다. 내가 요리를 하지 않으면 묻지도 따지지도 않고 다른 대책을 찾아보려는 그였다. 문득 '요리는 여자만 하는 역할'이라는 틀을 깨려다가 스스로 갇힌 것이 아닐까 하는 생각이 들었다.

요리하는 남자가 멋있다고 여긴 것도 나였다. 요리를 좋아하는 나로선 성별을 불문하고 요리를 잘하는 자가 멋있어 보이는 게 당연하다. 세다가 그 도전자의 말대로 요리는 어떤 절박함을 이루기 위한 수단이 아닌—물론 경연이라는 프로그램 특성상 비난의 여지는 있을 수 있다—그냥 내가 좋으면 그 자체로 유희이자 즐거움일 수도 있었다. 감자튀김으로 끼니 자립을 기뻐하던 나야말로 이를 너무나 잘 알고 있지 않은가. 그제야 한 지붕 아래에서 얼굴을 맞대고 밥 한 끼조차 제대로 먹지 않는 우리의 관계가 서늘하게 느껴졌다.

이 문제 말고도 넘어야 할 산이 남아 있었지만, 정말 신기하게도 끼니 문제의 종전을 선언한 이후로는 다른 문제도 하나씩 해결됐다. 남편이 요리를 어려워하는 것만큼 내가 가장 싫어하는 집안일이 청소와 빨래를 개는 것인데, 남편은 그 일에 대한 거부감이 없었고 오히려 자부심이 상당했다. 심지어 작은 빨랫감도 각을 잡아 개고 편의와 동선을 생각해 배치하는 데에 남다른 소질이 있었다. 각자 잘 할 수 있는 집안일에 집중하고, 어느 한쪽에 지나치게 몰린다 싶을 땐 그 일을 나눌 수 있도록 노력하기로 했다. 그렇게 나는 요리를, 남편은 요리를 제외한 다른 집안일을 하는 것이 모두의 평화를 위한 길이라는 걸 깨닫게 된 것이다.

오랜만에 주방에 들어선 날, 그에게 감자튀김과 맥주를 건네지 않았다면 우리는 지금의 평화를 찾을 수 있었을까. 그 도전자처럼 요리하며 마시는 술, 일명 그 '요.술.'이 진짜 요술을 부린 것이다.

평화를 되찾은 그날 이후로 요.술.을 즐기는 또 하나의 이유가 생겼다. 주방은 나처럼 성질 급한 이에겐 어마어마한 인내를 요구한다. 냄비가 끓는 틈에 널브러진 집기를 정리하거나 채소를 손질할 수도 있지만, 냄비든 팬이든 그 안에 무언가를 넣고 가스 불을 켜는 순간부터는 아무리 느긋한 성격이어도 맘

편히 주방을 떠나 있을 수는 없을 것이다. 일정한 시간이 지나면 재료를 뒤섞거나 저어 주어야 하기 때문이다. 국물 위에 뜬 기름을 제거하거나 뒤집을 타이밍과 간을 보는 일도 놓쳐서는 안 된다. 하여간 맘을 놓지도 잡지도 못하는 이때는 맥주 한 캔을 즐기기 딱 좋은 시간이다.

이것 말고도 요리하면서 마시는 맥주는 또 한 가지 재미있는 요술을 부린다. 맥주 한 모금에 밀려오는 청량함에 냄비를 한번 쳐다보고, 두 모금에 살짝 밀려든 취기에 노심초사하는 마음을 놓으며, 세 모금엔 느닷없이 자신감이 밀려온다. 그리고 정확히 네 모금 째에는 어떤 요리든 꽤 맛있을 거라는 용기와 확신이 든다. 고작 이 맥주 한 캔이 주방에서 더 맛있게 행복을 요리할 수 있게 해 주는 것이다.

하지만 주방에서는 되도록 한 캔 이상은 마시지 않는 걸 권한다. 분명 밑반찬을 할 요량이었는데 이미 안주로 다 먹어 치운 바람에 음식이 흔적도 없이 사라질 수 있기 때문이다. 아니면 도대체 적당한 간이라고는 느낄 수 없는 정체불명의 요리가 탄생할 수도 있다. 무엇보다 요리고 뭐고 다 때려치우고 그대로 주저앉아 술을 더 즐기고 싶어질 수 있다.

물론 꼭 원한다면 한 캔 이상을 마셔도 좋다. 무엇이 문제가 되겠는가. 주방에서는 뭐든 요술을 부릴 수 있는데 말이다.

요.술.에 딱 어울리는 안주, 아니 요리
빨간 오징어채 무침

준비물 오징어채, 마요네즈, 고추장, 간장, 설탕(당류 아무거나), 다진 마늘, 참깨, 참기름, 그리고 맥주(혹은 원하는 주류) 한 잔

① 요리하기에 앞서 안주로 즐길 오징어채 한 움큼은 따로 빼 둡니다.

② 오징어채를 흐르는 물로 씻어 물기를 꼭 짜고 원하는 크기로 자릅니다.

③ 마요네즈를 넣어 조물조물 무치고 30분 정도 둡니다.

④ 고추장, 간장, 설탕, 다진 마늘을 섞어 오징어채에 넣고 비벼 줍니다.

⑤ 기름을 두르고 달군 팬에 넣어 휘리릭 빠르게 볶아 줍니다.

⑥ 마무리로 참기름 몇 방울을 쪼르르 따르고 참깨를 넣어 버무립니다.

♣ 간을 본다는 핑계로 안주 삼아도 좋습니다!

남은 것 좀 있어요?

배낭을 짊어지고 도시 구석구석을 누비는 '배낭여행'을 낭만
이자 꿈으로 여긴 시절이 있었다. 지금은 편하게 캐리어를 끌
고 다니지만, 스무 살 무렵일 때는 몸보다 커다란 배낭을 메고
세계 곳곳을 누비는 사람을 보면 왜인지 자유분방하고 멋있
어 보였다. 다행히 그렇게 원하던 로망을 실현할 기회가 찾아
왔고, 나의 첫 배낭은 뉴질랜드로 향했다.

그때는 지금처럼 호텔이나 숙소 대여 시스템이 발달하지 않
던 때라 호텔이 아니라면 숙소는 백팩커스backpackers가 유일
했다. 가격이 저렴하고 배낭여행자를 위한 편의 시설이 잘 되
어 있어서 나같이 주머니가 가벼운 학생에게 그보다 더 좋은
숙소는 없었다.

안내 사항이 빼곡히 붙은 백팩커스의 문을 열고 들어서면 프
런트 뒤편의 게시판에는 화려한 모양의 와펜과 뱃지, 지도가

붙어 있었다. 낯선 곳에서 한참을 헤매느라 바짝 든 긴장이 싹 풀어진다. 이곳에는 분명 나와 같은 처지의 배낭여행자가 편히 쉬고 있을 거란 생각에서였다. 그렇게 방에 들어서면 배낭을 풀어놓을 자리가 따로 있거나, 고정할 수 있는 고리가 설치돼 있을 정도로 곳곳에 세심한 배려가 묻어 있다.

배낭을 벗고 빈 침대를 향해 갈 때는 침대 사이에 얼기설기 놓인 다른 배낭에 발이 닿지 않도록 조심스레 발을 내딛는다. 그 짧은 사이에 퀴퀴한 땀 냄새와 진한 샴푸 냄새가 번갈아 코끝을 스치기도 했다. 남녀 구분 없는 32인용 믹스룸에서는 코골이 오중창에 잠 못 이루는 밤을 보내기도 했고, 그 커다란 방에 손님이라고는 나 혼자 뿐인 어느 날 밤에는 무서워 잠을 청하지 못한 적도 있었다. 옆 침대에 묵던 어느 할머니가 준 팔찌를 차고 난 뒤로는 이상하게 일이 꼬여 버리는 불상사를 겪은 일도 있었다.

세계 각지에서 다양한 사람들이 모이는 만큼 수많은 일이 펼쳐지는 것도 이 백팩커스이다. 하지만 '주방' 이야기를 빼놓고는 백팩커스에 대해 이야기할 수 없다.

뉴질랜드 북섬의 가장 북쪽, 케리케리Kerikeri 지역에서는 아예 한 백팩커스에 정착해 3개월을 머물렀다. 이곳엔 나 말고도 한국인 언니 오빠들과 다른 나라 사람들 여럿이 모여 살고 있었고, 대부분은 근처 키위 농장에서 일을 했다. 농장일이 새벽부터 애를 쓰는 일이라 오후 두어 시가 되면 모든 일과가 끝이 났다. 백팩커스에 도착한 우리는 사이좋게 순서를 정해 샤워를 마치고 잠시 각자의 시간을 보낸다. 그리고 저녁때가 되면 하나둘 주방으로 모여든다.

주방문을 열면 뿌연 연기 사이로 제 몫의 끼니를 차리는 사람들의 분주한 모습이 보였다. 살림이라고는 해본 적 없던 나는 복잡한 틈에서 어쩔 줄을 몰라 했다. 썰고 익히고 지지고 볶는 행위 자체가 낯설 때여서 여기저기 맛있는 음식 냄새가 진해질수록 더 방황했다. 번번이 막내라는 이유로 한국인 언니 오빠들의 은혜를 입긴 했지만, 그것도 하루 이틀이지. 매번 미안한 마음을 감출 수가 없었다. 묘책을 찾던 나는 결국 포대 자루 마냥 큰 식빵 한 봉지를 사서 잼이나 버터를 발라 우유와 먹거나 달걀 프라이를 얹은 밥 위에 케첩을 뿌려 먹는 것으로 끼니를 때웠다.

하지만 금요일 밤에는 모든 상황이 달라졌다. 뉴질랜드 정부가 평일에 번 돈을 주말 내내 다 쓰라는 의미로 '금요일 주급제'를 시행한다는 농담이 있을 정도로 그곳의 금요일은 정말 특별하다. 오로지 농장과 백팩커스를 오가며 단순한 생활을 해 오다, 금요일 밤이 되면 백팩커스 전체가 떠들썩해질 정도로 상당했다. 이날만큼은 캠핑카에서 숙식을 해결하느라 평소엔 마주칠 일이 없는 사람들, 방에만 머물고 밖에는 통 나오지 않던 사람들까지 죄다 주방으로 모여들었다. 따로 약속을 잡거나 공지를 하지 않았는데도 금요일 밤에는 모두가 주방에 모여 팬을 뜨겁게 달구었다.

각자의 나라에서 다양한 걸 먹고 자란 사람들이 모여 요리하는 주방은 다채로운 냄새와 연기로 가득 찼다. 요리의 국적은 다양했고 정체가 불분명한 것도 있었다. 한 가지 재미있는 점은 주방에 모인 사람들은 마치 국가 대표라도 된 듯 진지하게 요리를 한다는 것이었다. 그 틈에 끼어 멀뚱멀뚱 서 있는 나에게 이따 맛있게 먹기나 하라는 비장한 각오를 남긴 언니 오빠들도 그 최전선으로 향했다.

프라이팬이 뜨겁게 달궈질수록, 연기가 자욱해질수록 주방은 흡사 국가 대항 요리 경연대회를 치루는 것 같았다. 우리 대표팀은 주로 간장 소스와 고추장 소스를 번갈아 사용하면서 다채로운 요리를 선보였다. 한국 재료가 넉넉하지 않은 열악한 환경에서도 닭볶음탕, 제육볶음, 불고기 등 맛깔난 한식 요리를 뚝딱하고 완성했다. 떡볶이 소스에 누들과 양배추만 잔뜩 넣은 '떡 없는 떡볶이'는 말도 안 되는 요리 같지만 믿기지 않을 정도로 맛있었다. 그러다 누군가 한국에서부터 가져와 고

이 간직해 둔 라면을 꺼내는 날에는 맛있는 냄새에 주방에 있던 모든 사람의 시선이 집중됐다.

"버터 남은 것 좀 있어요?"

그렇게 경연대회 못지않은 열기에 한참 달아오르다가 하나둘 말소리가 들리기 시작한다. 대개는 떨어진 식재료를 구하거나, 이미 사용하고 남은 식재료가 필요한 사람을 수소문하는 것이었다. 그렇게 말이 섞이면 주방에 있던 모두는 간 보기라는 명분으로 서로의 음식을 맛보기 시작했다. 그 사이 주방은 불태운 요리인지 열정인지 모를 연기로 가득 차 있었다.
자욱한 연기가 걷히면 어느새 손엔 꼭 맥주나 와인이 들려 있었다. 최선을 다해 경기에 임하고 난 국가 대표의 대기실을 본다면 이런 모습일까. 금요일 밤 한바탕 잔치를 치르고 방으로 돌아갈 때가 되면 밤하늘엔 별이 빈틈없이 차올라 있었다.

그 이후로 여행을 할 때 숙소를 선정하는 중요한 기준이 '주방'이 되었다. 넓고 쾌적한 공용 주방이 있는 백팩커스면 침대가 넓지 않아도, 화장실이 좁아도 그곳을 선택했다. 특히 주변에 커다란 마트가 있는 곳이라면 금상첨화였다. 그 나라 그 지역의 맛집이라고 소문난 식당을 찾는 것도 좋지만, 주변에 마트만 있다면 직접 요리를 해 먹는 편이 훨씬 좋았기 때문이다. 그러다 10년 만에 다시 뉴질랜드를 찾게 됐다. 혼자이던 그때와는 달리 이제는 든든한 남편이 함께한다는 사실을 제외하면 여행 코스와 당시 묵었던 백팩커스까지 모든 게 그때의 여정과 거의 같았다. 또 한 가지 다른 점이 있다면, 마트에서 산 식빵으로 끼니를 겨우 때우던 그때와는 달리 이젠 제법 능숙한 솜씨로 요리를 해 먹을 수 있다는 것이었다.

뉴질랜드는 이렇다 할 대표 음식이나 맛집을 찾아보기 어려운 대신 소금과 후추에 대충 볶아도 수준 이상의 맛을 내는 신선한 식재료가 풍부한 곳이다. 게다가 뉴질랜드의 백팩커스나 호스텔 대부분은 주방 시설을 잘 갖추고 있어서 '해먹는 여행'에 최적화된 나라이기도 하다. 그날도 백팩커스에서 저녁 만찬을 즐기기 위해 근처 마트에서 장을 봤다.
저녁 시간이 되자 백팩커스에 들어오는 사람들 손에도 어김없이 식재료가 든 비닐봉지가 들려 있었다. 남편과 한창 요리를 하다가 그때의 분위기나 내볼까 하고 병맥주의 뚜껑을 따는 순간, 익숙한 말소리가 들려왔다.

"버터 남은 것 좀 있어요?"

남편은 스테이크를 굽고, 나는 파스타를 만들고 있을 때였다. 10년 전 백팩커스의 주방에서처럼 비장한 경연 끝에 화합을 알리는 말소리는 아니지만, 그 말을 듣자마자 순간 벅차오르는 감정을 주체할 수가 없었다. 사실 이런 이야기는 프리박스 freebox가 있는 백팩커스의 주방에서는 흔히 나누는 대화이기도 하다. 이 프리박스에는 보통 다른 여행객이 놓고 간 여러 상표의 버터, 소금, 후추, 충분히 쓰고 남겨진 반 토막의 채소, 유통 기한이 임박한 우유와 빵, 다양한 나라의 향신료 등이 놓여 있다. 식사 때가 되어 발 디딜 틈 없이 사람이 많은 주방에서는 일일이 찾기 어려워져서 이렇게 프리박스에 있을 법한 식재료를 찾는 대화가 오가는 것이다.

주방에서 하루이틀 마주치다 보면 어느새 눈인사가 안부로, 그리고 대화로 이어지면서 국적 상관없이 남녀노소 친구가 된다. 말이 잘 통하지 않아도 주방이라는 공간에서, 요리라는 행위의 언어로 마음이 통하는 대화가 연출되는 것이다. 어깨너머 어느 할머니의 할머니부터 전해져 온 다양한 나라의 요리법을 배울 수 있는 기회도 백팩커스의 주방에선 흔한 일이다.

그래서인지 백팩커스의 주방에서 만난 모든 만남은 짧지만 강렬하게 남아 있다. 필요한 만큼 충분히 쓰고 남은 식재료를 허투루 버리지 않고, 다음 여행객을 위해 차곡차곡 쌓아 두는 온정을 느낄 수 있는 곳도 바로 백팩커스의 주방이다.

10년 전이나 지금이나 변한 것 하나 없이 똑같은 모습으로 맞아 주던 백팩커스의 주방은 마치 그동안 전하지 못한 안부를 묻는 것만 같았다. 무사히 잘 지내고 다시 찾아 주어 고맙다고. 그리고 또 내가 없는 동안뿐 아니라 앞으로도 주방을 찾는 사람들의 여행을 계속될 거라고 말이다. 그러고 보면 백팩커스의 주방은 여행자의 허기를 달래주는 공간이기도 하지만, 만남과 헤어짐이 반복되는 또 하나의 여행지와 다름이 없었다.

절대 뚜껑을 열지 마,
그 냄새가 나기 전까지는

백팩커스에서 3개월을 보낸 후 도시인 오클랜드에 가기로 결심했다. 느긋하고 여유로운 케리케리 지역과는 달리 사람들로 북적이던 타국의 도시 생활은 녹록지 않았다. 낮에는 학원에 다니고 저녁에는 아르바이트가 반복되는 단순하지만 고된 일상이 이어졌다. 일상에 지쳐 힘이 다 빠질 때쯤이면 어김없이 금요일이 찾아 왔다. 케리케리에서도 대단한 금요일을 보냈지만, 이곳 도시도 금요일은 마찬가지였다.

금요일 저녁이 되면 언니들이 지내던 아파트, 즉 우리들의 아지트에는 사람들이 하나둘 모여들었다. 아파트 현관문을 열면 소란한 틈 사이로 한식 냄새가 진동했고 이 미치도록 반가운 냄새에 이성을 잃은 나는 신발을 벗자마자 주방으로 달려갔다. 보통 이때의 냄새로 그날의 메뉴를 추측했는데, 어느 하루는 도통 정체를 알 수가 없었다. 고추장이나 된장같이 매콤하거나 구수한 냄새도 아닌데 희한하게 구미가 당기는 냄새. 여하튼 그 냄새에 이끌려 부랴부랴 주방으로 향했다.

때마침 R 언니가 감자, 당근, 양파, 양송이, 닭가슴살을 '큼지막이' 자르라고 주문했다. 칼질이 서툰 나는 언니의 주문을 받고 깊은 시름에 빠졌다. 도마 위의 채소를 요리조리 옮겨 보면서 칼을 대는 시늉을 해 보았다. 옆에서 이 모습을 보다 못한 B 언니가 그럴 줄 알았다며 칼을 가져갔다.

"이렇게 크게?"
"아니, 아니. 더 크게. 아주 큼지막하게, 그러니까 이만하게(손가락 두 마디를 내보이며) 말이야."

하릴없이 뒷선으로 밀려난 나는 전방에서 고군분투하는 두 언니의 모습을 바라보고 있었다. 그러다 손질한 채소와 물을 냄비에 넣고 뚜껑을 덮은 B 언니가 별안간 주문을 외기 시작한다. 옆에 있던 R 언니도 주문을 따라했다. 뒤에서 지켜보던 나는 뭔가 우스꽝스러운 모습에 피식 웃음이 터졌지만 꾹 참았다. 그러면서 덩달아 주문을 외기 시작했다.

"맛있어져라, 맛있어져라! 얍!"

언니들은 이렇게 하면 냄비 속 그것이 더 맛있어질 거라고 철석같이 믿고 있는 것 같았다. 그렇게 몇 분 후, 주린 배를 잡고 냄비 근처를 서성이다가 뚜껑을 향해 손을 뻗으려는 순간이었다.

"안 돼, 지해야! 아직 열지 말고 기다려야 해!"

R 언니가 다급하게 소리쳤다. 그렇게 다시 몇 분이 더 지났을까. 투명한 뚜껑에 물방울이 송골송골 맺히기 시작하자 R 언니는 이제야 때가 된 것 같다며 냄비로 다가가 코를 킁킁댔다. 그리고는 우스꽝스러운 자세로 냄비 주변을 이리저리 살피더니 마침내 뚜껑을 열었다. '이제 됐어!' 짤막한 혼잣말을 하던 언니는 불에 새어 둔 노란 가루를 냄비 안에 넣고 휘휘 젓기 시작했다. 반가운 냄새에 이끌려 나도 모르게 어느새 냄비 앞으로 바짝 다가갔다.

"어때. 맛있겠지?"

비로소 메뉴의 정체가 드러난 순간이었다. 그날의 메뉴는 카레였다. 냄비 안은 카레 빛깔로 노랗게 물이 들어 있었다. 큼지막한 건더기는 마치 자신의 존재를 과시하듯 제 모습을 유지한 채 먹음직스럽게 노란 카레와 엉켜 있었다. 노란 카레물이 든 건 냄비만이 아니었다. 타지라서 더욱 반가운 그 냄새, 아니 노오란 향기가 집안 전체를 물들였다. 근처에 인도 사람이 운영하는 커리 가게가 있었지만, 한국에서 먹던 익숙한 그 카레와는 비할 바가 아니었다. 그리고 그날 밤 영원히 잊지 못할 '인생 카레'를 먹었다.

그때만 해도 자신 있는 요리가 무엇이냐는 질문에 카레라고 대답할 날이 올 줄은 꿈에도 몰랐다. 요리에 재미를 붙인 후 나는 다양한 버전의 카레를 만들어 봤다. 흔히 먹는 기성 가루 제품을 이용한 카레는 물론 채식 카레, 첨가물 없는 카레, 인도식 카레, 일본식 카레, 심지어 강황과 큐민 등 갖가지 향신료로 직접 섞어서 맛을 내 보기도 했다.

그럴 때마다 언니들의 당부대로 '그 냄새가 나기 전까지는 열어 보지 말라'는 철칙을 지키기는 하는데, 사실 그게 효과가 있긴 한 건지, 왜 꼭 그래야만 하는지는 확인할 길이 없었다. 어찌 됐든 간에 그렇게 하면 맛있어지니까 일단 따르긴 한다. 하지만 매번 카레를 할 때마다 뚜껑을 열어 보고 싶은 충동을 참기가 힘들었다.

그렇게 10년이 흐르고 나서야 그 이유를 알게 되었다. 뿌리부터 열매까지 식재료 전체를 먹는 '마크로비오틱Macrobiotic' 요리법을 배울 때의 일이다.

"다른 땅에서, 다른 기운으로, 다른 농부가 기른 식재료인데, 서로 통성명할 시간 정도는 주는 게 맞지 않겠어요? 그러니까 지금은 냄비 뚜껑을 열어 보지 말고 조금 더 기다려야 해요. 냄비 안에서 합방할 시간을 주는 거죠."

공교롭게도 그날은 마크로비오틱 카레를 배우는 날이었다. 냄비에 제일 먼저 양파를 넣고 오래도록 볶다가 톡 쏘는 아린내가 사라지면 다음 재료를 넣는다. 그리고 익은 채소가 뒤섞인 달큼한 '그 냄새'가 나면 다음 재료를, 그리고 또다시 다음 재료를 넣는 식이었다. 선생님은 뚜껑을 덮으며 말을 이었다.

"이들이 잘 어우러진 냄새를 기억하세요. 집마다 식재료와 집기가 달라서 뚜껑을 여는 데까지 걸리는 시간을 정확히 말씀드리기는 어려워요. 그러니까 이 냄새가 나는 순간…. 지금이에요! 이리 와서 얼른 맡아 봐요."

나와 수강생들은 자그마한 냄비 주위로 우르르 몰려가 냄새를 맡기 시작했다. 뚜껑을 열어보니 갈색으로 변한 양파를 제외하고는 당근 그리고 감자 등의 냄비 안 채소들은 선명한 색을 유지한 채 먹음직스럽게 익어 있었다. 마치 저들끼리 엉켜 충분히 맛을 냈다고 자랑이라도 하는 듯 맛있는 냄새를 뿜으면서 말이다. 순간 마치 10년 전에 잃어버린 퍼즐 한 조각을 되찾은 느낌이 들었다. 샛노란 빛깔과 큼지막한 채소가 어우러진 먹음직스러운 카레 그림을 드디어 완성한 것이다.

사실 뚜껑을 빨리 열어 보고 싶은 이유는 여러 가지가 있다. 냄비 속 채소가 잘 섞이고 있을지, 눌어붙어 까맣게 타진 않았을지, 골고루 섞어줘야 하는 때가 아닌지 하는 조바심이 당최 끊이지 않기 때문이다. 거기에 급한 성격도 나를 부추긴다. 그런데 막상 보글보글 끓는 냄비 앞에 다가가 봤자 내가 할 수 있는 것이라곤 초조해 하는 것이 전부였다.

발을 동동 구르는 나를 본 남편은 '설령 채소가 타 버려서 재가 된다 한들 지나면 별것 아닌 일'이지 않느냐고 종종 속없는 소릴 해 댔다. 그게 어떻게 별것 아닌 일이냐며 남편을 흘겨봤지만, 사실 그것이 끓는 냄비 앞을 의연히 지킬 수 있는 가장 효과적인 방법이라는 걸 잘 알고 있었다.

사실 이 정도의 깨달음이라면 '내 성격이 달라졌어요!'와 같은 훈훈한 후일담이 나와 줘야 하는데, 안타깝지만 그런 일화는 없다. 30년 넘게 그렇게 살았는데 하루아침에 싹 바뀌기란 쉽지 않다. 여전히 나는 냄비 앞에서 갈등을 겪고 있으며, 그럴 때마다 차오르는 충동을 애써 누르고 있는 것뿐이다. 솔직히 고백하자면 참지 못하고 뚜껑을 열어 버리는 경우도 종종 있다. 그래서 어렵지만 주방에서는 가능한 한 아래의 원칙을 지키려 노력해 보기로 했다.

- 다른 것들이 만나면 '틈'과 '뜸'은 필수다.
- 그 앞을 우직하게 지키고 있으면 된다.
- 조바심은 금물이다.
- 생각보다 그 안은 평화로울 것이다.
- 첫술에 맛있을 리 없다. 희한하게도 세상의 모든 카레는 하루가 더 지나야 맛있다.
- 잘 될 거라는 주문을 외면 정말 더 맛있어진다.

오늘도 맛있는 카레를 먹기 위해 냄비와 밀고 당기기를 하고 있다. 대체 무슨 일이 일어나는지 도통 속을 알 수 없는 냄비 앞에 서서 말이다. 이번엔 당장 뚜껑을 열면 냄새가 놀라서 달아날지도 모른다는 엉뚱한 생각으로 시간을 벌어 보았다. 칼을 들었다 놓았다 해 보기도 하고 싱크대 위에 널린 부스럼을 정리하면서 조급한 맘을 달래기도 했다. 정확히 몇 분 후라고 말하기엔 어렵지만, 오늘도 그 냄새가 나기 전까지 기다리는 연습 중인 것이다.

쿵쿵. 냄비에 코를 바짝 대 보았다. 드디어 때가 온 것 같다. 뚜껑을 열자마자 역시 그 냄새가 나기 시작했다. 냄비 안에 미리 개어 놓은 카레 가루를 넣었다. 이제 막 합방을 마친 채소와 향긋한 카레 가루가 어우러져 금세 노오란 냄새가 온 집안을 물들였다. 역시 걱정부터 하는 건 금물이다. 냄비 안은 평화롭기만 하다. 여하간 오늘도 잘 참았다.

세상에서 가장 맛있는
카레 만들기

준비물 양파(필수), 감자, 당근, 냉장고에 있는 채소 뭐든, 기호에 따라 고기, 카레
가루 그리고 토마토가 있다면 꼭! 넣어 보세요.

① 준비한 재료는 큼지막하게 썰어 줍니다.

② 냄비를 달구고 기름을 두릅니다. 이때, 과하다 싶을 정도로 양파를 넣습
니다.

③ 코가 싸한 내가 없어지고 달큼한 냄새가 나면 감자, 당근 등의 단단한 채
소와 고기를 넣습니다. 여기에 토마토를 잘라서 넣으면 더 맛있습니다.

④ 물을 넣고 뚜껑을 닫은 후 채소가 합방할 시간을 줍니다. 그리고 중요한
팁, 절대 뚜껑을 열지 않습니다. 채소가 맛있게 익어 조화로운 그 냄새
가 나기 전까지 말입니다.

⑤ 맛있어지라는 주문을 욉니다. 이때 술을 즐기는 분이라면 맥주 한 잔 마
시기 딱 좋은 시간이기도 합니다.

⑥ 재료가 잘 섞여 수분이 우러나고 뽀얀 색이 나기 시작하면 물에 개어 둔
카레 가루를 넣고 걸쭉해질 때까지 끓입니다.

⑦ 하루가 지난 후에 먹으면 더 맛있는 카레를 즐길 수 있습니다.

시작이
밤이다

"이거 얼른 넣어 둬. 반가우니까 주는 거야!"
"아이 참, 안 그러셔도 된다니까요!"

양평 생산자님들과 인연을 맺은 지도 벌써 7년째다. 해마다 열리는 가을걷이 행사 날엔 꼭 얼굴을 보고 반가운 마음이 앞서 막걸리 잔부터 기울이곤 한다. 현재는 업무가 바뀌어서 이전처럼 수시로 만날 일은 없지만, 그래도 또 만나면 어제 본 사이 같으면서도 여전히 반갑다.

이날도 기껏 버섯 한 봉지 사는데 그 옆에 있던 잎채소며 고구마며 이것저것 바리바리 싸 주어서 어깨에 멘 가방이 무거울 정도였다. 특히 이날은 햇밤 몇 개를 더 얹으려는 걸 거절하느라 진땀을 뺐다. 결국 집으로 향하는 내 손에는 커다란 밤 한 봉지가 들려 있었다.

검은 봉지 안에 가득 든 밤을 보니 '밤 조림'이 떠올랐다. 언젠가 밤 조림을 만들어 보겠다는 결심이 설 것을 예상은 했지만, 올해 그것도 당장 오늘 저녁일 것이라고는 상상하지 못했다. 밤이 담긴 봉지를 괜히 덜렁덜렁 흔들고 쪼물거려도 보았다. 올해는 유난히 알이 크고 실했다.

영화「리틀 포레스트」에 등장하는 밤 조림을 볼 때마다 대체 저걸 언제 저렇게 하고 앉았나 하는 생각이 들었다. 딱딱한 껍질을 벗고 말랑해진 밤이 유리병에 들어가기까지, 아무리 편집이라는 눈속임이 있어도 예삿일이 아니라는 걸 알아본 것이다. 그래도 햇밤이 나오는 가을이 될 때마다 밤 조림이 떠오르는 것은 어쩔 수 없었다.

대체 무슨 맛일까. 럼을 넣는다는데 어떤 향이 나려나. 속껍질을 벗겨 내지 않아 혹시 까끌거리지 않을까 하는 등 별별 상상을 하곤 했다. 게다가 밤 조림 두어 알이면 기분이 좋아진다는 영화 속 대사에 호기심이 점점 더해졌다. 이렇게까지 되면 언젠가 밤 조림을 직접 만들어 봐야 직성이 풀린다는 것을 스스로 잘 알고 있었다. 결국 '번잡스럽지만 언젠가는 만들어 보고 싶고, 또 막상 하려면 주저하게 되는 밤 조림'을 만들어 보기로 했다.

우려했던 것과는 달리 시작은 참 쉬웠다. 밤알과 껍질이 쉽게 떨어지도록 하룻저녁 물에 담가 두면 준비는 끝이다. 요리법에는 밤 조림이 완성되기까지 하루하고도 반나절이면 충분하다고 하지만, 그건 집에 종일 있을 때의 경우였다. 그렇다고 이것 때문에 출근을 포기할 수는 없었다.

그렇게 밤을 물에 담가 놓고 두 번째 날을 맞았다. 생각해 보니 태어나서 처음으로 밤 껍데기를 까고 있었다. 딱딱한 겉껍질 때문에 손에는 힘이 잔뜩 들어 있었다. 얼마나 고됐던지, 바삐 움직이던 손을 멈추고 '밤 껍질 까는 기계'를 검색해 볼 정도였다. 하여간 싹 갖다 버리고 싶은 충동을 겨우 참아 내고 마침내 속껍질이 드러나도록 겉껍질을 벗겨 내는 작업까지 완료했다. 하지만 아직 갈 길이 멀었다. 떫은맛을 제거하기 위해 베이킹소다를 넣고 또 하루를 기다려야하기 때문이다. 이때부터였을까. 후회가 물밀듯 밀려온 것이….

사실 이것 말고도 할 일이 넘쳐 나는 요즘이다. 정체된 상황을 극복하려고 차일피일하다가 겨우 제빵 아카데미를 다니기 시작한 것도 벌써 3개월이 되었다. 얼마 전부터는 전문가 과정이 시작되어 직접 발효종을 키우는 터라 하루에 꼬박 두 번씩 출퇴근 시간에 맞춰 밥—밀가루—을 주고 있었다. 또 당장 써야 하는 글도 한가득이었다. 이렇게 바쁜데 그냥 밤을 쪄 먹고나 말 것이지, 왜 감당하지도 못할 시작을 했나 후회가 몰려왔다.

이쯤 되니 밤 조림에 대한 호기심과 궁금증, 기대도 사라져 버린 지 오래다. '번거롭지만 일단 완성된 밤 조림을 먹어 보면 생각이 달라질 것이다' 하는 블로그의 후기조차 원망스러웠다. 그렇다고 이제 와 그만둘 수도 없었다.

다음 날 집에 도착하자마자 나는 다시 밤들과 마주했다. 이대로 냄비에 직행하면 좋겠지만, 불린 밤의 섬유질과 잔털을 제거하는 작업이 남아 있었다. 한 알 한 알 섬세히 다듬다가는 밤 조림이고 뭐고 다 버리고 싶은 충동이 또다시 일어날까 봐 눈에 보이는 것 위주로 적당히 긁어냈다. 마침내 냄비에 넣고 끓이는 차례가 다가왔다. 이마저 쉽지 않은 과정이다. 같은 과정을 서너 번 반복해야 하기 때문이다. 다음은 밤을 끓이고 붓고 다시 끓이는 과정을 반복하며 겪은 번뇌의 기록이다.

첫 번째 끓이기. 물이 든 냄비에 손질한 밤을 넣어 끓이다 보니 금세 물색이 붉고 진하게 변했다. 보글보글 끓을 때까지 약 30분을 두어야 하는데, 중간에 떠오르는 거품을 걷어야 해서 다른 짓은 상상도 할 수 없다. '시작이 반'이라는 말이 맞긴 한 걸까? 한참을 달려와도 — 그것도 무려 이틀이나 — 이렇게 끝이 안 보이는데!

두 번째 끓이기. 밤을 익히기 위함도 있지만 이들을 반복적으로 끓이는 이유는 붉게 물든 밤 국물이 옅어지게 하는 것이다. 그런데 어째 전혀 그럴 기미가 보이지 않는다. 그래도 떠오르는 거품을 계속 걷었다. 그 사이 딴 짓을 할까 했지만 자칫하다간 끓어 넘칠까 싶어 온통 이 냄비로 신경을 집중한다. 그러다 갑자기 영화 「리틀 포레스트」가 싫어졌다.

세 번째 끓이기. 아차, 오늘 밤까지 마무리해야 할 원고가 있다는 사실을 이제야 깨달았다. 대체 어쩌자고 이 바쁜 틈에 이 짓을 시작한 걸까. 원망해야 하는 이 상황이 또 원망스러웠다. 더욱 참을 수 없는 것은 시작 전으로 되돌릴 수 없는 이 애매하게 떠오른 헐벗은 밤들이었다. 하여간 시작은 뭐든 야심차게 한다. 없는 동기도 만들어 일을 벌이는 나였다. 이렇게 시작은 요란한데 비해 그 끝은 심히 미약했다. 나는 왜 항상 이런 식일까. 그 사이 냄비 안에 든 물의 색이 점차 옅어지고 있었다. 그래, 일단 시작을 했으면 끝은 봐야지!

마지막 네 번째 끓이기. 이 짓도 세 번을 반복하다 보니 어느 시점에 거품을 걷어 내야 하는지 얼추 예상이 가능해졌다. 덕분에 노트북 앞에 앉을 수 있었다. 네다섯 줄 정도의 문장을 쓰고 나면 거품이 올라왔다. 밤이 슬쩍 비치는 것이 국물이 옅어진 게 틀림없다. 거품을 걷어 내고 다시 글을 쓰기를 반복, 이 제 진짜 끝이 보였다.

그 사이 밤 조림은 드디어 마지막 과정을 향해 달리고 있었다. 설탕은 넣고 졸일 일만 남은 것이다. 늘 그렇듯 건강을 핑계로 마지막 설탕 한 스푼을 넣을지 말지 고민했지만, 두어 알로 기분 전환이 된다는 영화 속 대사를 떠올리면서 설탕을 탈탈 털어 넣었다. 게다가 오래 두고 먹으려면 충분한 양의 당분이 필요했다. 알뜰하게 마지막 한 알까지 냄비에 털어 넣고 다시 가스 불을 켰다.

이십 분이 지났을까. 밤알을 따라 끈적하고 투명한 거품이 보글보글 일기 시작했다. 3분쯤 지나서는 제법 걸쭉해진 것이, 이제 곧 3일간의 대장정을 마칠 수 있을 것만 같았다. 과연 이 밤 조림은 영화 속 주인공이 감탄한 것처럼 정말 맛있을까? 맛이야 어떻든 달콤한 설탕과 범벅이 된 밤은 시작점으로 되돌릴 수 없을 정도로, 그러니까 그게 달든 짜든 여하튼 무언가는 되어 있을 것이었다.

이제 진짜 마지막이다. 풍미를 위해 럼을 넣어야 할 차례다. 워낙 갑자기 시작한 탓에 럼을 준비하지 못했다. 아니, 솔직히는 중간에 포기할 것을 염두에 두고 준비하지 않았다는 편이 정확하다. 급한 대로 전날 밤 마시고 남은 와인을 꺼내어 냄비 안에 떨구었다. 그리고 가스 불을 껐다. 보글보글 끓던 냄비가 이내 잠잠해지고 알코올 향도 날아갔다. 이대로 유리병에 담으면 이제 진짜 완성이다.

그런데 사실 더 중요한 과정이 하나 더 남았다. 맛있는 밤 조림을 위해서는 숙성을 위한 한 달의 시간이 필요하다. 거기까지 생각하자 하여간 눈앞에 이것들이 징글징글하게 느껴졌다. 그래도 혹시나 싶어서 일단 한 알을 맛보기로 했다. 뜨겁게 김이 오르는 밤알을 후후 불어 식히고 입에 넣었다. 설탕 시럽 맛이 강해서 마냥 달기만 하고 밤과는 따로 노는 느낌이었다. 와인 향은 밤에 스미지 않고 겉돌았다.
혹시나 하는 기대는 역시나 하는 체념으로 남았다. 유리병의 뚜껑을 닫고 냉장고 깊숙한 곳에 넣어 두었다. 바로 잠자리에 들고 싶었지만 밤 조림에 정신이 팔려 마무리하지 못한 원고 작업이 남아 있었다. 다시 깊은 한숨이 몰려왔다. 그렇다고 모든 걸 포기할 수도 없는 노릇이었다. 이 모든 것들은 '단단한 껍질을 까서 하룻저녁 불려둔 밤'과 같다. 시작 전으로 되돌리기엔 너무 먼 길을 와버렸다는 말이다. 다시 냉장고를 열어 밤 조림이 든 유리병을 바라보았다.

'그래. 끝이 나긴 하겠지.'

유난히 끈기가 부족한 나의 인내는 늘 이런 식이었다. 일단 호기롭게 시작을 하긴 하는데 몇 번이나 고꾸라졌다. 그래서 '시작이 반'이라는 말도 딱히 좋아하지 않는다. 그렇게 치면 나는 반만 한 일이 얼마나 많던가. 그래도 시작을 하면 포기하지 않고 꾸역꾸역 해내는 몇 가지 일이 있었는데, 그중 두 가지가 '요리'와 '글쓰기'다. 아무리 과정이 복잡하고 고되더라도 냄비 안의 것을 버릴 수가 없었고, 하고 싶은 말은 반드시 문장으로 끝맺어야 했다.

그런데 이 야심한 밤, 이 두 가지를 한꺼번에 하고 있구나! 뜻대로 써지지 않는 문장과 저만치 앞선 의욕도 결국 그 끝을 향해 달리는 과정이라고 생각하기로 했다. 몇 번이고 포기하고 싶은 순간을 가까스로 넘긴 밤 조림은 분명 맛있을 수밖에 없다. 아마 고된 과정을 거친 만큼 달콤함은 배가 될 것이다.

시계를 보니 어느덧 새벽 두 시 반. 이번에도 아주 가까스로 마감을 지켰다.

부디 포기하지 마세요!
달달한 밤 조림

준비물 밤, 설탕(밤의 40~50% 정도 양), 베이킹소다 약간, 럼 혹은 와인, 그리고 인내심과 여유

① 밤은 껍질을 벗기지 않은 채로 물에 24시간 동안 담가 불린 후 겉껍질을 벗겨 냅니다. 이 과정에서 최대한 속껍질은 건드리지 않아야 합니다.

② 다 깐 밤은 물과 베이킹소다를 넣어 다시 하루를 둡니다(반나절도 무방).

③ 이대로 바로 물에 넣어 끓이면 좋겠지만, 속껍질의 굵은 섬유질과 까끌한 잔털을 제거해야 합니다. 이쑤시개를 사용하거나 그냥 눈에 보이는 것들만 정리해도 무방합니다.

④ 냄비에 물과 밤을 넣어 20~30분간 끓이고 물을 버리고 다시 채워서 또 끓입니다. 붉게 물든 냄비 속 밤 국물의 색이 옅어질 때까지 약 서너 번을 반복합니다. 중간중간 거품을 걷는 것도 잊지 말아야 합니다. …포기하지 마세요!

⑤ 준비한 설탕을 넣고 졸아들 때까지 끓이면 됩니다.

⑥ 마지막으로 럼(혹은 와인)을 한 바퀴 두르고 휘휘 저어 줍니다.

⑦ 소독된 유리병에 넣어 밀봉한 뒤 냉장고에 넣어 주세요. 짧게는 일주일, 길게는 두 달을 기다립니다.

⑧ 시작이 밤이라면 그 끝은 야밤이 되어야 한다는 것도 미리 알아 두세요.

새로운 요리의 발견이
새로운 별의 발견보다
인간을 더 행복하게 만든다

잘 앙텔름 브리야 사바랭 Jean-Anthelme Brillan-Savarin

특별 요리로 차리는

가치의 식탁

4부

오늘도
맛집 찾기 실패

아, 이번에도 실패다. SNS에서 맛집이라는 여러 후기를 보고
모처럼 성공을 확신했던 입이 민망해 삐죽거렸다. 물론 '맛'으
로만 보면 무난한 집이다. 유명 방송에서 패널들이 극찬한 식
당이라 그런지 역시나 식사 시간이 훌쩍 지나서도 문전성시
였다. 나도 그 대열에 합류해서 기다리고 있는데, 안에서 식사
중인 사람과 수도 없이 눈이 마주쳤다. 상대나 나나 둘 곳 없
는 눈을 굴리느라 민망하기 짝이 없었다.

포기하고 다른 식당으로 갈까 했지만, 늘 그렇듯 그동안 기다
린 시간이 아까워서 먹어보지도 않은 ─ 하지만 상상이 가능한
─음식을 떠올리며 기나긴 줄을 버텨 냈다. 성질이 급한 나에
게는 고역도 이런 고역이 없었다. 끼니때를 넘겨서 예민해진
감각이 더 날카로워졌다.

겨우 자리를 잡고 식사를 하는데 좀 전의 우리처럼 대기 중인
그들과 흘끔 눈이 마주쳤다. 느긋하게 음식을 즐기기엔 마음

이 영 불편했다. 게다가 전날 시장에서 먹은 음식과 비교해 봤을 때, 어째 가격도 맛도 그곳보다 덜한 느낌이었다. 아무튼 이번 맛집 찾기도 실패다.

애초에 아무 기대가 없었다면 이런 불만이 덜했을까. SNS나 블로그, 유튜브와 TV 프로그램에서도 추천한 맛집에 가면 나는 대부분 이런 경험을 하고 만다. 이쯤 되니 맛집 앞에 줄을 서서, 사서 고생을 한 뒤, 입을 삐죽거리는 상황을 더는 만들고 싶지 않았다. 나는 자연스럽게 맛집을 찾지 않게 되었다.

최근엔 맛집 앞에서 힘들게 줄을 서지 않아도 그 집의 음식을 맛볼 수 있는 방법이 생겨났다. 마트의 냉동식품 진열대나 온라인 마켓의 맛집 카테고리를 클릭하면 유명 음식을 쉽게 찾아볼 수 있다. 떡볶이나 빈대떡, 찌개와 국 심지어 디저트까지 집안에서 편하게 맛집의 영광을 누릴 수 있게 된 것이다. 직접 가서 먹는 것과는 분명 다를 것이라고 하면서도, 사람들은 뚝딱 데우기만 하면 완성되는 맛집의 음식을 즐길 수 있는 편의에 열광했다.

떡볶이와 빵 맛집을 주제로 해서 전국을 일주하는 것이 꿈인 내게도 좋은 기회였다. 주문한 지 하루 반나절 만에 비법을 자랑하는 떡볶이가 가지런히 상자에 놓여 우리 집에도 찾아왔다. 그 떡볶이를 직접 가서 먹어 본 적이 없어서 그 맛이 그 맛인지 가늠할 길은 없었지만, 참 편하다 싶긴 했다.

식당 하나가 맛집이 되기까지는 맛은 기본이고 아마 그 집만의 서사가 큰 역할을 했을 것이다. 특히 오래된 식당일수록 이런 경우가 많다. 하지만 시장에서는 맛집의 이야기가 아닌 음식만 강조한다. 가령 어느 지방의 식당은 그 지역에서 나는 특산물로 맛을 낸 음식이 인기를 끌어 맛집이 된 경우인데, 제품 단가와 시장의 경쟁력을 이유로 첨가물이나 원산지를 알 수 없는 식재료로 음식을 제품화한다. 이런 경우는 과연 그 맛집의 음식을 먹었다고 할 수 있을까?

또 이런 경우는 어떨까. 한 자리에서 오랫동안 가격을 올리지 않고 가난한 사람들의 허기를 달래 준 훈훈한 사연을 가진 어느 가게는 '명성만큼 맛이 없고 허름한 시설에 실망했다'는 후기가 꽤 많다. 가게의 역사와 주인의 신념이 누군가의 주관적인 의견에 묻히는 경우다. 3대째 이어오는 비법 중 일부가 조미료였다는 사실에 사람들이 격분하고 조롱까지 하는 바람에 노포의 역사가 순식간에 사라지는 경우도 종종 있는 일이다. 그 집의 오랜 역사와 가치는 무시되고 오로지 '맛'으로 맛집과 그렇지 않은 집을 평가하는 것이 과연 맞는 걸까.

미디어에서는 맛집을 콘텐츠로 '소비'하는 경우도 있다. 그렇다면 콘텐츠를 생산하는 쪽의 맛집 선정 기준은 무엇일까. 개인이든 단체든 콘텐츠는 기획이라는 의도에 의해 주관적일 수밖에 없다. 따라서 착하고 나쁘다는 기준도 어디까지나 콘텐츠 작성자의 주관이나 편집의 영향을 받을 수 있고, 당시의 상황만으로는 판단하기 애매한 부분이 있을 수도 있다. 다르게 이야기하자면 특정 인물이나 콘텐츠에 의해 맛집이 정해질 수도 있다는 것이다.

가장 우려되는 것은 자의든 타의든 기획자의 오해로 정보가 왜곡되어 별 탈 없이 운영하던 가게가 하루아침에 문을 닫는 상황이다. 그렇다고 맛집에 대한 모든 콘텐츠나 미식가 혹은 개인의 견해를 부정한다는 의미는 아니다. 맛집에 대한 자신만의 기준을 세워서 무수히 많은 콘텐츠 사이에서 옥석을 가리고, 다양한 형태의 식당과 맛을 즐겼으면 하는 바람일 뿐이다. 반면 숨은 맛집의 진가가 재조명되어 뒤늦게 빛을 보는 가게도 있는데, 이는 콘텐츠의 진정한 힘과 영향력이 발휘된 경우라고 볼 수 있다.

그렇다면 맛집의 기준은 무엇일까. 맛집의 기준이 '맛'이 먼저여야 하는 것은 맞지만, 맛이라는 것 자체가 개인의 취향이라 그 외의 것만 따져 보기로 했다. 나는 미국 포틀랜드에서 그 힌트를 얻을 수 있었다.

"구운 채소 옆에 있는 이 소스는 노스웨스트 지역에서 재배한 베리로 만든 것인데 풍미가 독특해요. 드셔 보세요."

포틀랜드에서는 식당 어디를 들어가도 식재료와 음식에 대한 설명을 들을 수 있다. 어느 농장에서 어떻게 재배해서 어떤 셰프가 어떻게 요리했는지를 빽빽하게 적어 놓은 메뉴판은 깨알 같은 글씨로 들어차 있었다. 도시에서 조금만 벗어나도 농지가 더 많고, 땅덩이가 넓은 미국에서는 다른 주에서 가져오느니 차라리 근처의 식재료를 먹는 것이 합리적이라는 건 어쩌면 당연한 일인지도 모르겠다. 미국이 패스트푸드와 프랜차이즈 브랜드의 본고장이라는 사실을 떠올려 보니 그 유명한 프랜차이즈 커피점이 단 한 군데 밖에 없는 포틀랜드가 평범한 도시는 아니지 싶었다.

식당에서 마신 맥주나 와인은 전부 근처 양조장에서 만들어진 것이었다. 지역의 특색과 양조장 고유의 개성이 잘 드러난 맥주를 마시는 건 포틀랜드에서는 흔한 일이다. 제철 식재료로 만든 코스 요리를 내 주는 레스토랑에 가면, 음식이 나올 때 설명이 매번 5분을 넘겼다. 맛있는 음식 앞에서 참고만 있는 게 힘들어서 속으로는 꼭 이렇게까지 해야 하나 싶었는데, 며칠 뒤엔 적응을 한 건지 오히려 설명이 없으면 음식이 나온 것 같지가 않았다.

그렇다고 해서 모든 음식이 입에 맞는 것도 아니었다. 개중에는 맛이 있는 것도 있고 이게 무슨 맛인가 싶을 정도로 희한한 음식도 있었다. 한국에서도 자주 보던 흔한 음식에는 별 감흥이 없다가도 식재료에 대한 이야기를 들으면 눈앞에 놓인 음식이 갑자기 달라 보였다.

한마디로 포틀랜드의 모든 식당은 '먹는 재미'가 있었다. 지역 잡지에 맛집이라고 소개된 데도 그랬고 하물며 길을 가다 갑자기 허기를 느껴 우연히 들어간 곳도 그랬다. 허름했고 낡은 식당이어도 메뉴판을 읽는 재미가 있었다. 남편을 동반하지 않은 여행이라 내내 혼자였지만, 음식에 대한 설명을 듣다 보면 심심해 할 틈도 없었다. 몇 대를 이었다는 오래된 식당을 비롯해 세련된 파인 레스토랑까지 다양한 종류의 식당이 있었고, 식당을 이용하는 이들은 맥주나 와인 한 잔을 곁들이며 식사를 느긋하게, 꽤 오랫동안 즐겼다. 나는 이곳에서 음식과 사람이라는 '관계'를 경험했다.

최근엔 우리나라도 셰프가 농가와 직접 협력하여 식재료를 공수해 오거나 특정 지역의 특산물 위주로 요리하는 식당이 늘고 있다. 낙과한 복숭아로 담근 콤부차설탕을 넣은 녹차나 홍차에 유익균을 넣어 발효시킨 음료를 손님에게 대접하고, 해마다 'B급 농산물을 구출하자'는 캐치프레이즈를 내건 퍼포먼스 행사도 열린다.

서울 한복판에서 정기적으로 열리는 농부 장터도 같은 맥락이다. TV 프로그램에 출연한 어느 채식 요리사가 '채식도 채식이지만, 음식과의 관계를 회복하는 것이 먼저'라고 하는 장면도 큰 울림을 주었다. 먹방과 쿡방, 그리고 자극적인 콘텐츠에 가려져 이러한 누군가의 노력이 잘 드러나지 않는 것이 아쉬울 따름이다.

다시 나만의 맛집의 기준에 대해 떠올려 보았다. 먹는 즐거움과 경험을 주는 곳이면 좋을 것 같았다. 투박하더라도 계절에 따라 달라지는 음식과 서로를 알아보는 관계가 있고, 무엇이든 음식에 대한 주인의 철학이 있는 식당이라면 더 좋다. 세련되지 않은 노포라도 한곳에 오랫동안 자리한 이유를 듣게 된다면 음식을 더 맛있게 즐길 수 있을 듯도 하다. 그리고 내가 좋아하는 사람들과 느긋하게 음식을 나누고 대화를 나눌 수만 있다면 나에겐 그곳이 어디든 좋은 맛집이다.

결국 오늘도 맛집 찾기는 실패했지만, 내일은 또 어떻게 될지 모를 일이다.

덜 부풀어도
괜찮아

보통 '유럽빵'이라고 불리는 것들은 바게트, 깜파뉴, 치아바타, 호밀빵 등으로 주로 식전에 입맛을 돋우기 위함이나 식사 대용으로도 먹는 빵이다. 이런 종류의 빵은 물, 곡물 가루, 소금으로 맛을 내는데, 빵의 종류와 맛은 곡물과 밀가루의 종류나 발효종, 치대는 정도와 시간, 온도 등에 따라 달라진다.

보통 빵을 먹으면 속이 더부룩하고 소화가 되지 않다고 하는데, 체질에 따라 차이는 있겠지만 유럽빵은 확실히 이런 증상들이 덜하다. 재료라고 해 봐야 밀가루와 물, 소금이 전부여서 속이 부대낄 일이 적다. 특히 통곡물로 만든 빵은 영양소가 풍부해서 식사 대용으로 충분하다. 부족하다 싶으면 치즈나 버터, 잼 등을 발라 먹거나 채소를 얹어 샌드위치로도 즐길 수 있으니 이만한 음식이 또 있을까 싶다.

간단한 재료만으로 다양한 빵을 만들 수 있다는 사실을 알고는 빵의 매력에 푹 빠졌다. 들어가는 재료가 단순해서 자칫 맛이 비슷할 거라고 생각할 수 있겠지만, 유럽빵은 의외로 빵맛을 즐기는 재미가 있다. 같은 모양으로 반듯하게 찍어낸 양산빵과는 차원이 다른 재미다. 풍미가 맛의 핵심인 유럽빵의 특성상 개량제와 첨가제를 넣어 대량 생산하는 경우는 드물고 보통은 동네 작은 빵집에서 판매하는 경우가 흔하다.

또, 베이커에 따라 같은 종류의 빵인데도 차이가 있다. 빵집마다 기공, 식감, 모양, 색깔 들이 다르다. 어느 빵집의 치아바타는 기공이 크고 겉은 부서질 정도로 얇으며 바삭한 것이 특징이인데, 또 다른 빵집의 치아바타는 기공이 작고 겉이 물렁해서 다소 묵직한 식감이 든다.

빵을 향한 짝사랑은 결국 탐구심으로 번졌다. 스콘의 성공으로 제빵에 대한 자신감이 끝을 모르고 날뛰었다. 집에서 만들기는 어렵다는 유럽빵을 제외하고는 케이크, 파이, 타르트, 쿠키 등 해볼 만한 건 거의 만들어 보았다. 맛은 그런대로 괜찮았는데 뭔가가 부족했다. 분명히 블로그나 동영상을 보고 그대로 따라했는데도, 내가 만든 빵은 덜 부푼 것이다.

아무리 생각해도 원인을 알 수가 없었다. 베이킹의 생명은 정확한 계량이라는 걸 알고 있어서 어울리지도 않게 계량컵과 계량스푼을 사용하고 요리법을 정확히 따랐다. 설탕, 달걀, 밀가루 등의 물성을 이해해야만 빵의 식감과 모양, 맛을 더 좋게 할 수 있다고 해서 어설프지만 공부도 했다. 혹시나 장비 탓일까 싶어서 고가의 장비를 들여 보기도 했다. 해볼 수 있는 노력은 다 해봐도 빵은 여전히 덜 부풀었다. 간혹 꽤 잘 부푼 것도 있긴 했지만 만족할 만한 수준은 아니었다.

어느 날 '혹시'하는 생각이 스쳤다. 아무래도 밀가루가 원인인 것 같았다. 나는 우리밀이나 통밀을 사용하는데, 요리법 대부분이 일반 강력분이나 수입산 밀가루를 기준으로 작성됐다는 사실을 깨달은 것이다. 수입밀에 비해 글루텐 함량이 적은 우리밀은 베이킹을 하기에는 적합하지 않은 품종이다. 우리밀을 쓴 이유는 우리밀로만 빵을 만들겠다는 포부 같은 건 아니었다. 우연한 계기로 우리밀의 상황을 알고 난 이후부터는 줄곧 우리밀만 고집해 온 터였다.

2016년 기준 국민 1인당 연간 빵류 소비량은 약 90개라고 한다. 그럼에도 불구하고 우리밀 자급률이 1%대를 기록했다는 사실을 떠올리면 나의 선택이 어쩔 수 없었음을 알 수 있다. 우리 농업을 살린다는 생협에서 일하는 사람이다 보니 이런 통계를 보고도 우리밀을 외면할 수가 없었다. 그런데 재미있는 사실은 매체나 미디어에서는 일명 '빵지순례'를 떠들 정도로 빵에 대한 관심이 늘고 있다는 점이다. 분명 빵은 밀가루로 만드는데 우리밀의 소비량은 줄고 있다니, 대체 그 많은 밀가루는 정체가 무엇이며 대체 왜 우리밀은 이렇게까지 추락하고 있는 걸까.

보통 밀가루 음식으로 알려진 면, 빵 등은 주로 수입밀로 만들어진다. 수입밀로 만드는 가장 큰 이유는 아무래도 가격 때문이다. 밀가루로 만드는 음식 대부분은 값비싼 음식이라기보다 간식의 의미가 커서 높은 가격을 매기면 시장에서 살아남지 못한다. 그리고 수입밀은 글루텐의 함량에 따라 강력분, 중력분, 박력분으로 나뉘어 유통되기 때문에 용도에 맞게 구할수 있고 싼값에 구할 수도 있다. 하지만 미국, 캐나다, 호주와 같이 먼 곳에서 들여오기 때문에 방부 처리를 하거나 재배 과정에서 농약이 얼마나 살포됐는지 정확히 알 길이 없어서 안전을 보장하기는 어렵다.

반면 우리밀은 수입밀에 비해 가격이 비싸다. 게다가 자급률이 낮다 보니 점차 우리밀 농사를 짓지 않아서 수급도 일정하지 않다. 하지만 수입밀처럼 방부 처리를 할 필요가 없고 겨울철에 재배하다 보니 농약을 거의 사용하지 않아서 잔류 농약 걱정도 없다. 가까운 곳에서 나고 자라니까 신선한 밀가루의 풍미를 즐길 수 있다는 장점도 있다. 그래서인지 우리밀로 만든 음식을 먹으면 맛과 식감은 다소 덜해도 담백하고 속이 부대끼지 않는다. 그럼에도 대부분 국내 대형 가공식품 기업에서는 가격을 이유로 주로 수입밀을 사용하고 있다.

최근 코로나19 상황을 지켜보면서 전 세계가 공황에 빠져 국제 경제 활동이 중단될 때를 대비해 식량 자급률을 높이는 것이 중요한 과제라는 생각이 들었다. 더욱이 앞으로 코로나19와 같은 변수가 잦아질 것이란 추측도 있는데, 이럴 때일수록 수입산 식재료에 의존하지 않고 식량 자급률을 높이는 제도적인 장치가 마련돼야 한다. 식량 주권은 코로나19와 같이 세계적으로 겪는 공황으로부터 우리를 지킬 수 있는 첫 번째 조건이기 때문이다. 특히 지금같이 밀 소비량이 느는 상황에서는 우리밀 자급률이 식량 주권과 직결된 문제 중 하나이기 때문에 긴 호흡으로 대비해야 할 때라는 것을 잊어서는 안 될 것 같다.

그래도 다행인 것은 이런 상황을 인지한 누군가 우리밀과 우리 땅에서 나는 재료로 빵을 만들고 있다는 점이다. 생협에서는 양산빵 치고는 드물게 첨가물이나 팽창제 없는 우리밀 빵을 판매하고 있으며, 우리밀로 만든 과자나 가공품도 생산하고 있다. 우리밀로 빵을 만드는 동네 빵집도 점점 늘고 있다. 얼마 전에 들른 빵집은 깊은 풍미를 위해 여러 종류의 토종밀을 원두처럼 블렌딩blending해서 빵을 굽는다고 했다. 또 어느 빵집은 직접 기른 밀을 제분하고 제철 농산물을 넣은 빵을 구워서 소량만 판매하기도 하고, 우리밀과 천연발효종으로 빵을 굽는 홈베이커도 많아졌다.

최근에는 300년 전부터 재배한 한국의 토종밀인 앉은뱅이밀 등의 개량도 활발하게 진행되고 있다. 각자의 위치에서 자신만의 방법으로 어떻게 하면 우리밀도 살리고 맛있는 빵을 만들 수 있을지 고민하고 있는 것이다.

빵이 덜 부푸는 원인을 찾은 이후로도 몇 번의 시행착오를 더 거치고 나서야 우리밀로 빵을 만들 때는 요리법에 표기된 일반 밀의 양보다 덜 넣어야 한다는 걸 깨달았다. 아직은 기술이 부족해서인지 원인을 발견했다고 해서 결과물이 크게 나아지지는 않았다. 그래서 가끔은 하얗고 고운 수입 밀가루의 유혹이 밀려올 때가 있다. 단지 몸에 좋은 빵만 만들고자 했다면 외국산 유기농밀을 대체재로 썼을 것이다. 하지만 나는 여러 이유로 우리밀을 포기하지 못하겠다.

좀 덜 부풀면 어떠하리. 그만큼 더 담백하고 고소하니까 괜찮다.

더 맛있게 즐기는
우리밀 빵

- 우리밀로 제빵을 할 때는 요리법에 제시된 양보다 10% 정도 적게 잡습니다. 쿠키나 타르트 종류를 우리밀로 만들면 딱딱해지기 쉬우므로 되도록 머핀이나 브라우니 같은 달콤하고 부드러운 빵부터 도전해 보세요.

- 혹시나 실패가 두렵다면 베이킹에 최적화된 전용 밀가루(프랑스 캐나다산 등)와 우리밀을 섞어서 사용해 보세요. 언젠가 우리밀의 특성을 알게 되고 함량을 늘일 타이밍이 오게 될 겁니다. 그런데 특유의 담백함 때문에 입이 먼저 우리밀빵을 찾을지도 모릅니다.

- 바닐라 익스트랙, 초콜릿 등 외국에서만 나는 재료는 어쩔 수 없지만, 되도록 우리 땅에서 나고 자란 우리밀과 제철 과일로 타르트나 머핀을 만들어 보세요. 특히 연초에 제주도에서 나는 레몬으로 파운드케이크를 꼭 만들어 볼 것을 추천합니다.

- 마지막으로 우리밀로 빵을 만들 때 기대만큼 부풀지 않아도 실망하지 마세요. 우리밀로 만든 빵은 덜 부푼 만큼 담백하고 고소하거든요.

편식 중입니다

"앞으로 고기는 절대 먹지 않을 거야!"

말이 끝나기도 전에 남편의 두 눈이 휘둥그레졌다. 지인도 반응은 마찬가지였다. 일명 삼쏘─삼겹살과 소주─메이트였던 한 친구는 우스갯말이긴 하지만 배신감을 느낀다고 했고, 또 어떤 친구는 현실을 부정하고 삼겹살을 먹으러 가자고 했다. 갑작스러운 선언에 놀라지 않고 덤덤히 상황을 받아들인 지인도 있었는데 나중에 이유를 물어보니 그냥 장난이겠거니 했단다. 나의 채식 선언에 반응은 다 달랐지만, 모두가 똑같이 물었다.

"너 고기 되게 좋아하잖아. 왜 갑자기 그러는 거야?"

그도 그럴 것이 나는 자타가 공인하는 유명 육식주의자였다.

그래서 '배신'이라는 극단적인 반응도 백번 이해가 됐다.

고기를 좋아하기 시작한 건 고등학생 때부터다. 그때 엄마는 월급날이 되면 집 근처에 있는 '대나무집'이라는 식당으로 호출했다. 이 집의 특이한 점은 숯불이 든 항아리 위에 석쇠를 올리고 그 위에서 삼겹살을 굽는다는 것이었다. 그러면 '항아리집'이어야 하지 왜 '대나무집'인가 했는데, 죽통에 쪄서 나온 밥이 이 집의 별미라서 그렇단다.

아무튼 삼겹살이 지글지글 구워지면서 석쇠 사이로 기름이 뚝뚝 떨어지면 주인아저씨가 귀신같이 달려와서 고기를 뒤집었다. 고기가 다 익으면 엄마가 허연 연기를 비집고 얼른 먹으라는 눈짓을 보냈다. 널따란 초록 쌈 위에 끈적하고 찰진 죽통밥 한 숟갈, 숯불 향 그득한 삼겹살 한 점, 그리고 이 집만의 특제 된장까지 야무지게 싸서 한입에 넣으면 먹고 있으면서도 또 먹고 싶었다.

이 맛있는 걸 한 달에 한 번만 먹자니 아쉬워서 삼겹살을 사다 집에서 구워 먹기도 했지만 대나무집의 그 맛은 나지 않았다. 당시 꿈이 '방문을 열면 대나무집 삼겹살이 쏟아지는 것'이었으니, 삼겹살을 향한 절절한 사랑은 말해 봐야 입만 아플 뿐이다. 하여간 이 맛있는 대나무집 삼겹살은 엄마의 월급날, 그러니까 특별한 날에 먹는 선망의 음식이 되었다.

사회생활을 시작하면서는 더 확고하게 육식주의자의 길을 걷기 시작했다. 돈도 벌겠다, 이제 주머니가 제법 두둑해져서 원하면 언제든 고기를 사 먹을 수 있었다. 모든 직장인이라면 공감할 퇴근길의 '삼겹살에 소주 한잔' 타임도 놓칠 수 없었다. 상사의 뒷담화를 쌈장 삼아 고기와 쌈을 싸서 한입에 넣고 소주를 들이켜면 한껏 오른 스트레스가 해소되는 기분이었다. 2,900원, 3,900원, 5,900원 등 원산지나 부위에 따라 가격대도 다양해서 사정껏 고깃집을 찾아다녔다. 분위기가 좋은 데이트 맛집이고 뭐고, 당시 남자 친구이자 현재의 남편과는 그저 고기가 맛있다는 곳만 찾아다녔다.

당시엔 2인이 기본 10인분은 먹는다는 대패 삼겹살도 인기였고, 십+자로 촘촘하게 칼집을 내서 바삭함을 극대화한 벌집 삼겹살, 납작한 띡과 씨먹는 떡 삼겹살, 와인이나 녹차 등에 숙성시켰다는 OO숙성 삼겹살 등 같은 삼겹살이어도 종류에 따라 가격이 천차만별이었다.

나는 내키는 대로 고깃집을 쏘다녔다. 하지만 고깃집 간판 열에 아홉 쯤 그려져 있는 돼지 캐릭터가 매번 눈에 거슬렸다. 아무리 고기를 좋아하긴 해도 입구에서, 그것도 하필 활짝 웃는 돼지를 마주하는 건 씁쓸한 기분이 들었다. 하지만 막상 식당에 들어가면 지글지글 익어 가는 삼겹살 앞에서 모든 걸 잊고 잔뜩 신나 있었다. 이랬던 내가 고기를 먹지 않겠다니, 그것도 절대. 영원할 것만 같았던 나의 삼겹살 시대가 그렇게 끝이 났다.

채식을 선언한 데는 여러 이유가 있었지만, 가장 먼저 채식을 접한 건 J를 통해서였다. 수년 전부터 비건vegan이었던 J는 원래도 고기를 그렇게 즐겨 먹진 않았다. 그렇긴 해도 막상 고기를 먹지 않겠다는 그녀의 결심을 들었을 땐 놀랐다. 당시엔 지금처럼 채식이 잘 알려지지 않았고 동물성 식품의 범위조차 정확히 알지 못하던 때였다.

J는 동의를 구하고 나를 채식당에 데려갔다. 지금은 채식 메뉴를 선택할 수 있거나 채식 메뉴만 판매하는 식당을 찾기 어렵지 않지만, 그때는 서울에서도 고작해야 서너 곳 정도일 뿐이었다. 그런데도 J는 어찌나 그렇게 잘도 찾는지 장아찌 비빔밥, 표고탕수, 두부구이, 동치미 메밀면 등 다양한 종류의 채식 요리를 열심히 찾아 먹고 다녔다.

J는 동물 복지와 환경에 관심을 두기 시작하면서 채식을 결심했다고 했다. 고기를 그렇게 좋아해도 친한 친구가 한다고 하니 채식에 관심을 두게 됐다. 채식에 대해 물어보면 J는 억지로 할 필요는 없다는 걸 강조했다. 대신 집에서라도 채소 위주의 반찬과 현미밥을 꼭꼭 씹어 먹으라고 했다.

그러던 어느 날 우연히 충격적인 영상을 보게 됐다. 구제역 때문에 몇 십 마리의 돼지를 살처분하는 모습이 찍힌 영상이었는데, 그걸 보는 순간 눈물이 터져 나왔다. 말도 하지 못하는 돼지가 마치 절규하듯 우는 소리가 며칠 동안 귓가에서 떠나질 않았다. 그날로 다시는 고기를 먹지 말아야겠다고 다짐했다.

갑작스럽고 급했던 채식 선언 이후, 한두 달은 견딜 만했다. 고기가 먹고 싶어도 돼지가 절규하는 소리를 떠올리며 참아 냈다. 고깃집 간판 위에 그려진 돼지 캐릭터는 더 이상 보기도 싫었다. 식당에서 밥을 먹을 때 음식에 혹시나 육수 한 방울, 조그마한 고기 한 조각이라도 들었을까 봐 의심하고 또 의심했다. 행여나 이것들이 입에 닿으면 큰일이라도 날 것처럼 불안해했나. 누가 시킨 것도 아니고 순전히 스스로 의지에 의해 '안' 먹는 것일 뿐인데, '못' 먹는 것처럼 여겨지는 강박이 느껴졌다. 결국 극에 달한 스트레스에 유사 식이 장애 증상을 보이기까지 했다.

2년을 채우지 못하고 결국 채식 생활을 접게 되었다. 포기할 땐 포기하더라도 원인을 알고 싶었다. 여러 이유가 있겠지만 채식에 대한 충분한 이해와 학습이 선행되지 않은 채 극단적으로 시작한 것이 아마 가장 큰 요인이었을 것이다. 하지만 마음을 놓기로 한 날부터 바로 고기를 먹자고 작정하진 않았다. 그저 '금지'나 '제한'이라는 형태로 스스로를 옥죄지 말자는 게 먼저였다. 그럼에도 소고기와 돼지고기는 먹고 싶은 생각이 딱히 들지도 않았다. 하지만 소울 푸드인 치킨만큼은 포기할 수가 없었다.

그렇게 소와 돼지는 먹지 않고 닭과 유제품, 생선은 먹는 이른바 '특이한 편식'을 시작한 지 8년이 지났다. 채식의 단계로 표현하자면, 되도록 채식을 지향하지만 가끔 고기를 먹는 '플렉시테리언flexitarian, flexible vegetarian의 준말'이다. 누군가 물어보면 '편식 중'이라는 표현을 즐겨 사용했다.

극단적인 시작으로 스트레스를 받긴 했어도 생각해 보면 채식을 하면서 의외로 큰 불편함은 없었다. 채식을 결심하기에 앞서 가장 망설이는 것이 행여나 사회생활에 지장이 있을까 하는 것인데, 다행히 내가 다니는 회사에는 이미 채식하는 동료가 꽤 있었다. 채식은 하지 않더라도 대부분 채식에 대한 이해가 풍부한 편이며, 오래전부터 서로의 식생활을 배려하는 문화가 있었다. 처음엔 믿지도 않던 친구들도 고맙게도 나를 배려해 주었다. 물론 일방적으로 배려를 받기만은 뭣해서 종종 지인이나 친구들과 고깃집에 가서 쌈밥으로 두둑히 배를 채우기도 했다.

2년 동안의 채식 경험은 'OO주의'라는 명목으로 스스로 제한하고 금지하면서 취하는 배타적 태도가 얼마나 위험한 일인지 알게 된 계기가 됐다. 짧은 기간이었지만 그때 굳어진 식습관이 지금까지 유지 중인 것도 있다. 하루쯤은 해볼 만하지 싶어서 '고기 없는 월요일'이라는 캠페인에 동참하고, 특별한 일이 없으면 월요일만큼은 완전 채식을 실천하고 있다.

요리할 때는 가급적 동물성 식재료나 자극적인 조미료는 사용하지 않으려고 노력한다. 첨가물이 많이 든 가공식품은 멀리하고, 흰쌀밥 대신 정제되지 않은 통곡물이나 현미밥을 먹는다.

그 사이 전 세계적으로도 채식에 관한 관심이 부쩍 늘고 있었다. 2017년 미국에서는 채소vegetable와 경제economics를 합성한 신조어인 '베지노믹스vegenomics'를 푸드 키워드로 선정한 것만 봐도 사람들의 지대한 관심을 짐작할 수 있다.

세계적으로 유명한 패스트푸드 체인점에서도 채식버거를 출시했고, 미국에는 이미 투자 유치까지 마친 채식 관련 업체도 늘고 있다고 한다. 최근엔 국내에서도 채소 만두, 동물성 첨가물이 들지 않은 초콜릿과 라면, 비건 인증과 동물 실험을 하지 않는 화장품을 쉽게 찾아 볼 수 있다. 유튜브나 블로그에는 채식을 실천하는 사람들의 생생하고 재미있는 후기도 늘고 있다.

채식을 지향하는 이유도 가지각색이다. 주 1회 채식을 하면 벌어지는 놀라운 환경적인 효과에 대해 알리는 '고기 없는 월요일'이라는 단체는 아주 오래전부터 채식의 중요성에 대해 알려 왔고, 채식에 관한 지식과 치료 경험을 널리 알리고자 온라인 커뮤니티 등 다양한 조직에서 각자의 방식으로 채식을 실천하고 있다.

사실 아직도 나는 동물 복지나 환경, 그리고 개인의 건강을 생각하면 채식을 실천해야 한다고 생각하는 쪽이다. 다만 이 좋은 습관을 지속해서 유지하는 것에 의의를 두고, 실천할 수 있는 범위를 정해 꾸준히 오랫동안 지속하는 것으로 목표를 정했다. 치킨을 먹을 땐 가끔 불편한 생각이 불쑥불쑥 들기도 한다. 닭보다 더 자주 먹는 달걀이나 생선, 유제품 등을 먹을 때도 정녕 이것들을 칼로 베듯 끊어 낼 수 없나 하는 자괴감이 들기도 한다. 그럴 때마다 자기 합리화하는 것 같긴 하지만, 기왕 먹는 것 감사하고 귀하게 여기며 먹자고 다짐한다.

무작정 채식을 주장하기엔 축산 농가도 마음에 걸려 참 망설여진다. 먹고 산다는 것은 수많은 것들이 다양하게도 얽힌 입체적인 일이라 모든 상황이 간단하지 않음을 또다시 깨닫는다.

그때의 경험이 아니었다면 지금껏 육식주의자로서 아무 생각 없이 고기를 마주했을 것이란 생각에 아찔해진다. 앞으로 또 어떻게 될지는 모르지만, 지금으로선 'OO주의'를 선언할 일은 없을 것 같다. 설사 채식을 결심하더라도 '채식주의'라고 하지는 않을 것이라는 말이다. 그리고 살면서 이 모든 것들을 잊지 않고, 무뎌지지 않을 작정이다.

단식을
결심했다

등으로 한 줄기 식은땀이 흘렀다. 손이 발발 떨리더니 결국 냄비 손잡이를 놓쳐 버리고 말았다. 아, 골로 갈 뻔했다는 말을 이럴 때 쓰는 거구나. 떨리는 손을 애써 진정시키고 생명의 가루(?)를 입에 털어 넣었다. 효과가 진짜 있는 건지, 아니면 이게 그 유명한 플라시보 효과인지 뭔지 알아차릴 여유도 없었다. 어쨌든 좀 진정이 되는 느낌이었다.

"선생님, 저 진짜 죽을 것 같아요. 그냥 포기할까 봐요. 너무 힘들어요."
"그동안 정말 잘 먹고 지냈나 보구나. 일단 첫날만 버티면 돼요. 구죽염은 먹어야 할 양 만큼 반드시 챙겨 먹고요."

'정 힘들면 관두라'는 대답을 내심 기대했지만 수화기 너머로는 단호함이 전해졌다. 사실 단식이라고 하기에도 참 민망한 고작 일곱 시간 유지 중인 공복 상태에도 큰 고통이 느껴졌다. 아마 평소였다면 배가 고프다 싶은 정도였겠지만, 괜히 단식 중이라는 심리적 요인이 크게 작용한 모양이었다. 몸의 전해질 균형을 맞춰주는 생명의 가루, 죽염을 먹어서 한 고비 넘기긴 했지만, 단식 첫날은 정말 괴로웠다. 앞으로 단식 5일, 그리고 보식 5일까지 합쳐서 총 열흘이 남았는데 과연 해낼 수 있을까.

열흘 동안은 음식에 대한 욕망과 버텨 보자는 의지와의 싸움의 연속이었다. 힘들 때마다 죽염과 효소의 도움을 받아 겨우 고비를 넘겼다. 욕망을 자제해야 하는 고통과 몸을 비워서 가벼워지는 평화가 교차했지만 괴로움의 빈도가 절대적이라 단식 열흘 동안은 '버텼다'고 하는 것이 맞겠다.

이토록 괴로워 하면서도 해마다 단식을 해온 지 어느덧 세 번째 해를 맞았다. 첫 해 단식을 시작한 건 지인이 추천해서였다. 매일같이 피곤하고 좀처럼 컨디션이 회복되지 않는다는 내게 단식을 권한 것이다. 당시 나는 잦은 술자리와 외식으로 살이 올라 있었고 체력은 바닥난 상태였다. 아침마다 반지가 빠지지 않을 정도로 손이 퉁퉁 부었다. 설상가상으로 입은 맵고 짜고 달달한 자극적인 음식만을 원했다. 그 와중에 왜 그렇게 맥주가 당기는 건지! 하루의 마무리로 맥주 한 캔이 빠지는 날이 없었다.

마음 가는 대로 다 먹어 치우고 정작 잠자리에선 소화가 되지 않아서 깊은 잠을 청하지 못했다. 다음 날 아침이면 어김없이 손발이 붓고, 후회하며 자책하는 악순환이 반복됐다. 어떻게든 이 고리를 끊어 내고 싶은 마음으로 굳은 결심을 한 것이다. 하지만 단식의 성공을 확신할 수 없었다. 차라리 적게 먹으면 먹었지 사람이 어떻게 열흘을 굶을 수 있단 말인가! 틈만 나면 간식을 찾기 위해 책상 서랍을 더듬거리던 애절한 손길을 떠올리면서 말도 안 되는 일이라고 생각했다.

지인한테 단식을 권유받고는 충격이 상당했는지, 며칠이나 그 말이 머릿속을 맴돌았다. 혹시나 절대 단식을 하지 말라는 글이 있을까 싶어 단식 후기도 찾아보았다. 단식은 진정 칼을 대지 않는 수술이라니, 온갖 약도 소용없던 병이 나았다느니, 뭘 해도 안 빠지던 살이 빠져서 인생의 터닝 포인트가 되었다는 둥 죄다 단식'뽕'에 취한 말뿐이었다. 인정하기 어려웠지만 단식 후기를 찾아볼수록 뭔가 확신이 들기 시작했다. 그렇게 삼십여 년간 충실히 지켜 온 삼시세끼를 뒤로 하고 단식을 시작했다.

단식의 일정은 간단하다. 첫 5일은 최소의 영양분만 공급하는 단식 기간이고, 나머지 5일은 천천히 위를 늘리기 위해 소량의 죽을 먹는 보식 기간으로, 총 열흘간 진행된다. 단식을 마치고 난 후에는 성공했다는 뿌듯함과 동시에 앞으로는 몸을 망가트리지 않겠다는 결의가 생긴다. 그런데 1년 후면 또다시 단식 센터에 전화를 거는 나를 발견한다. 그렇다. 단식은 중독이다.

단식을 하겠다고 주위에 알리면 평소에 술 좀 덜 먹고, 채소는 골고루, 과식하지 않고, 간간이 운동도 하면서 건강을 유지하면 될 것이지 뭘 그렇게 유난이냐는 말을 몇 번이나 듣는다. 하지만 단식을 마치고 보식으로 접어드는 일주일쯤이 되면 보는 사람마다 안색이 좋아졌다고 한다.

스스로 느끼기에도 피부가 보들보들해지고 낯빛이 환해진 것 같긴 하다. 체중도 3kg 정도 줄어서 아침마다 무거워 곤욕을 치르던 몸이 한결 가벼워졌다. 놀라운 건 이뿐만이 아니다. 먹지 않아서 힘이 없고 기력이 달릴 줄 알았는데, 처음 하루 이틀을 제외하고는 오히려 그 반대였다. 곡기를 끊은 게 맞나 싶을 정도로 몸이 가볍고 컨디션이 좋았다.

사실 단식을 하면 집에만 꼼짝없이 누워 있어야 하는 줄로 알았다. 아무 것도 먹지 않는데 걸어 다닐 힘이나 있겠나 싶어서였다. 또 단식 기간 동안은 먹는 일정(?)이 없어서 단조로운 일상을 보낼 것이라고 생각하지만, 실상은 전혀 그렇지 않다.

몸에 필요한 최소의 영양소를 공급해야하기 때문이다. 양을 체크해서 깨어있는 시간 동안 먹어야 할 횟수와 시간을 안배해야 한다.

내가 선택한 것은 수분으로 몸속 장기의 찌꺼기를 불리고 이를 배출하는 것에 집중하는 형태의 단식이다. 따라서 하루에 약 4L의 물을 마셔야 하고, 된장차로 부족한 염분과 영양분을 섭취해야 한다. 죽염도 하루에 2.5~3g 정도를 섭취해야 하며, 죽염을 먹는 전후 15분 동안은 액체류를 먹지 않아야 해서 시간을 쪼개고 보면 꽤 까다롭다. 회의할 때도 알람을 맞춰 놓고 챙겨 먹을 정도였으니 직장인에게는 꽤 버거운 일정이다. 이뿐이랴. 퇴근 후에는 매일 수축과 이완을 반복하여 혈액 순환이 원활히 돌아가도록 집중하고 노폐물 배출을 돕는 냉온욕을 해 주어야 한다. 그 후에는 피부가 호흡할 수 있도록 발가벗고 침대에 누워 바람으로 목욕을 하는 풍욕도 한다.

여기까지 이야기하면 주변의 반응은 '그래, 그래 봐야 5일인데 한 번쯤은 해볼 만하다'는 표정을 짓는다. 그러다 이다음 한 가지, 절대 빼놓지 말아야 할 '이걸' 이야기하는 순간 모두의 얼굴이 일그러진다. 바로 관장이다. 대장내시경 검사를 할 때 하는 그 관장이 맞다. 다른 점이 있다면 대장내시경을 위한 관장은 마셔서 해결(?)하는 것이고, 단식 중에 하는 관장은 관장액을 주입해서 비우는 것이다.

머리털 나고 처음으로 관장기라는 것을 받아 들었을 때, 당장 모든 걸 포기하고 그 자리를 뛰쳐나가고 싶었다. 이 기괴하게 생긴 주황색 고무 덩어리가 대체 무엇이란 말인가. 하지만 기왕 시작하기로 한 마당에 제대로 해보자 싶었다. 관장의 주 목적은 장속의 노폐물을 최대한 비우는 데 있다. 그래서 일부는 단식 중에 구충제를 먹기도 하는데, 이는 장 속에 있는 좋은 균과 나쁜 균을 동시에 박멸하기 때문에 나는 관장하는 방법을 택했다.

해가 갈수록 단식이 익숙해질 줄 알았는데 아직도 시작 전에는 덜컥 겁부터 난다. 이런 두려움만 떠올리면 다시는 하지 않았겠지만, 막상 몸에 나타나는 크고 작은 변화를 겪다 보면 단식을 끊기가 어렵다. 다음은 단식이 준 몇 가지 변화들이다.

몸이 가벼워진다. 최소한의 영양소만 공급하고 비우기만 하니 체중이 줄어드는 건 당연한 일이긴 하다. 들어가는 게 없으니 기력이 달릴 것 같은데 오히려 몸은 더 단단해지는 느낌이다. 비로소 몸 속 장기의 존재가 느껴진달까. 갑자기 소화를 시킬 것이 없어져서 어리둥절해 하던 장기가 단식에 적응하면서 서서히 제자리를 찾는 기분이다. 이를테면 잠을 잘 때는 정신만 자는 것 같은 느낌이었는데, 단식 중인 동안엔 온몸의 장기도 함께 잠이 드는 것 같다. 그래서 간밤에 깊은 잠을 자고 아침에 깰 때마다 개운했다. 간혹 몸이 예민해지고 쭈뼛 서는 느낌이 들기도 하는데, 어쩌면 이게 진짜 내 몸의 상태라는 생각이 든다.

잔병이 완화된다. 잦은 술자리와 외식 때문에 역류성 식도염과 간혹 원인 모를 두통에 시달리곤 했다. 신기하게도 평소에 시달리던 잔병이 처음 하루 이틀에 걸쳐 극심하게 나타난다는 사실을 발견했다. 가령 두통이 심한 해에 단식을 하면 하루 이틀은 머리가 깨질 것처럼 아프다. 살이 오른 해에는 먹지 않는데도 몸이 더 붓는 느낌이다. 그러다 삼 일째부터는 거짓말처럼 증상이 사라진다. 반대로 평소엔 느끼지 못했던 통증이 이 시기에 나타나는 것으로 내 몸의 진짜 상태를 체크해 보기도 한다. 몸에 좋다는 거 하면 귀신같이 알고 어김없이 찾아온다는 그 명현瞑眩 반응인 것 같다.

모든 게 귀해진다. 단식 중에는 이게 다 '먹고살기 위해' 하는 짓이라며, 생각 없이 욱여넣던 그 많은 음식에 대해 생각할 기회를 준다. 당장 먹을 것이 없으니 음식을 보면 불안, 분노, 갈망, 미움 등 별의별 감정이 다 드는데, 이 과정에서 그동안 애써 보지 않으려 했던 것들이 보이는 것이다. 과욕과 탐욕으로 버려지고 낭비되는 것은 아닌지 하는 것들에 대해서 말이다. 평소에 무던하게 먹던 것이 새삼 귀하게 느껴진다. 비건 생활을 경험한 이후로 미루고 미룬 생각도 쏟아져 나왔다. 인간은 본래 잡식성이라 채식이 어렵다 쳐도, 기왕 살생하는 거라면 버리는 것 없이 더 귀하게 먹어야겠다는 그런 생각들 말이다. 쌀을 씻다가는 톡톡 튀어나가는 쌀 단 한 톨도 놓치지 말아야겠다고 다짐했다. 그리고 이렇게 단식을 선택할 수 있다는 것에도 고맙게 느껴졌다. 우리와는 상황이 다른, 기아와 전쟁에 시달리는 사람들이 떠올랐기 때문이다.

비움이 두렵지 않다. 사실 이 부분은 쓸까 말까 고민했다. 단식 이후의 식습관이 쭉 이어졌다면 아마 단식을 꼽는 첫 번째 장섬으로 제일 먼저 꼽았을 부분이다. 고작 열흘이라고 생각할 수도 있겠지만, 그 기간 동안 비워 내기만 했으니 장기는 흡사 막 태어난 아기의 상태가 된 것이라고 한다. 그래서 평소처럼 빨리, 많이 먹으면 위에 부담이 간다. 어쩔 수 없이 음식을 천천히 먹을 수밖에 없다. 그동안 해낸 것이 아까워서 육류보다는 채소를 먹고, 원활한 소화를 위해 꼭꼭 천천히 섞어 먹게 되었다. 그렇게 좋아하던 맥주도 단식 이후로 거의 마시지 않았다. 그렇다 보니 오히려 단식 이후에 살이 더 잘 빠지기도 한다. 단식에 관한 책을 읽으며 본격적으로 공부를 시작하기도 했고, 아침 식사도 폐지했다. 하지만 아침 식사 폐지를 제외하고는 6개월 동안 지속되고 다시 예전처럼 돌아간다. 그래도 과식해서 몸이 무겁다 싶을 때는 다음날 하루는 단식을 한다. 이제 배고픔이 두렵지 않다.

자신감이 충전된다. 나는 자기절제가 매우 서툰 편이다. 먹는 것도, 마시는 것도, 사고 싶은 것도 원하는 걸 제때에 하지 않으면 안되는 인간이다. 스스로의 약점으로 자기절제를 꼽을 정도다. 그런 내가 무려 2주에 가까운 기간 동안 가장 좋아하는 모든 것―밥, 맥주, 커피―을 끊어냈다니 몸의 변화 말고도 스스로 대견함에 더 심취해 있었다. 살이 빠지면서 살이 쪄서 맞지 않던 원피스까지 꺼내 입었다. 가장 취약하다 생각한 부분을 이겨냈다고 생각하니 뭐든 못할 건 없다는 자신감이 충만해졌다. 고작 열흘의 노력으로 이런 자신감에 취해있을 수 있다니 그렇다면 한 번쯤은 도전해 볼 만하지 않은가.

사실 단식을 결심한 결정적 이유는 현대 사회의 질병 대부분이 영양 과잉으로부터 생긴다는 점에서였다. 당뇨, 비만, 고지혈증, 심근경색 등 성인병이라고 칭하는 질병만 하더라도 무언가 과해서 생기는 병임을 알 수 있다. 궁핍하던 옛날에는 전염병이나 영양실조 등으로 목숨을 잃는 경우가 많았는데, 의

학이 발달한 지금은 그래도 쉽게 치유할 수 있는 질병이 되었다. 오히려 영양 과잉으로 생긴 성인병이 현대에 들어서는 더 치명적이고 위험한 질병이 되었다. 잘 먹고 잘 사는 우리의 몸 상태가 궁금하던 그 시절보다 더 나빠진 것이다.

내내 요리 예찬을 하다가 별안간 단식을 하라니, 아마 황당할지도 모르겠다. 사실 단식을 하면서 그동안 '먹고살기 위해서'라는 명분으로 묵인한 것에 대해 꼭 한 번은 짚고 싶었다. 예를 들자면 엄마와의 추억이 얽힌 치킨은 더 이상 그 옛날의 치킨이 아닌데도 소울 푸드라는 이유로 포기할 수 없다던가, 미식과 취향이라는 명분으로 무슨 가슴살, 날개살, 안창살, 우둔살 등을 찾는 까탈을 부리는 밥상이 과연 당연한 것인지 하는 의문도 생겼다. 식탁에 오르는 음식의 속사정을 알고 있으면서도 나 편하자고 외면한 사실을 천천히 되짚어 볼 필요를 느꼈다. 하지만 또 다시 '먹고살기 위해서' 하나둘 묵인하는 것이 현실이다.

이쯤에서 잘 먹고 잘 산다는 것이 과연 어떤 의미인지 생각해 본다. 현대인의 몸은 영양 과잉으로 약해져 있고, 마찬가지로 음식 너머의 상황도 나빠지고 있다. 먹지 않으면 소중한 걸 깨닫고, 먹으면서 다시 망각한다. 하여간 분명 잘 먹고 지낸 것 같은데 뭔가 자꾸 부족하다는 생각이 들면 그때가 바로 단식을 할 때이다.

※ 지극히 주관적인 경험을 바탕으로 나열한 것입니다. 마냥 굶는 단식을 하면 오히려 몸에 무리를 줄 수 있으므로, 혹시 단식을 도전해 볼 생각이라면 충분히 공부하고 무리하지 않는 선에서 시작하는 것을 추천합니다.

음식은 우리의 공감대입니다
세계적인 공감대죠

제임스 비어드 James Beard

공감 요리로 차리는
위로의 식탁

5부

국 끓여 주는
여자

그해 겨울에 불던 바람은 너무 차가웠다. 신촌의 어느 길, 바쁘게 지나는 사람들 틈 속에서 반가운 얼굴을 발견했다. 그제야 우울하지만 옅은 긍지의 미소가 얼굴에 번졌다. 그러고 보니 이번에도 J의 양손엔 무언가 잔뜩 들려 있었다. 덕분에 멀리서도 먼저 그녀를 알아볼 수 있던 것이다. 대전에서부터 저 삭은 몸으로 이고 지고 왔을 걸 생각하면 마음이 쓰였지만 꽁꽁 언 마음이 녹아내린다.

결혼한 지 얼마 지나지 않아, 치약을 짜는 방법 따위가 싸움의 불씨가 될 수 있다는 사실을 깨달았을 때였다. 차이와 다름으로부터 불거지는 갈등으로 나와 남편 사이에 치르던 신경전도 절정에 달했다. 대부분 친구들이 결혼을 하지 않았을 때여서 나를 둘러싼 모든 문제에 대해 일일이 이야기하며 마음을 풀 여유도 없었다.

설상가상으로 그즈음에 이직을 해서 새로운 환경에 적응하느라 일터에서조차 평온한 생활을 이어가기 어려웠다. 일터라는 전쟁터로 출근해서 집이라는 또 다른 전쟁터로 퇴근하는 기분이랄까. 결국 나는 방으로 들어가 문을 꼭꼭 걸어 잠그고 오랫동안 바깥에 나서지 않았다.

남편과 날이 서는 날이면 주변의 유일한 기혼자이자 오랜 친구인 J에게 전화를 걸었다. 한 시간을 넘게 수화기를 붙들고 있으면 가슴팍에 얹힌 돌덩이가 조금은 내려가는 것 같았다. 어릴 적부터 깊은 마음을 내보이긴 했지만, 보이고 싶지 않은 부끄러운 모습까지 모든 걸 털어놓았다. J는 내가 겪는 어려움을 백번 이해해 주었고 격해진 감정으로 이성을 잃고 판단력이 흐려진 나를 몇 번이나 일으켜 주었다.
신촌에서 J를 만난 그날은 바람의 날이 결을 파고 들 정도로 괴로움이 절정에 달한 날이었다. J와 점점 가까워지자 눈에 고인 눈물이 뚝 하고 떨어졌다.

"지해야. 이거 들깨미역국이야. 바로 안 먹을 거면 집에 도착하자마자 냉장고에 넣어둬. 데울 때는 센 불 말고 약한 불로 오랫동안 끓이면 돼. 그리고 이건…."

그날 J의 보따리엔 뽀얀 들깨미역국이 있었다. 재빨리 그녀의 손에 들린 보따리를 넘겨받았다. 그리고 뭐 하러 이 무거운 걸 가져왔냐고 마음에도 없는 말을 건넨다. 그녀는 활짝 웃으며 그냥 끓인 김에 좀 더 끓인 것일 뿐이라고 했다.

이런 일이 처음은 아니었다. 내가 J가 사는 대전에 가는 날엔 하룻밤 신세를 지곤 했는데, 그럴 때마다 J는 꼭 밥을 차려 주었다. 분명 번거롭고 귀찮았을 법도 한데 정성을 듬뿍 담은 한 끼를 내주었다. 각종 장아찌와 나물 반찬, 채소가 가지런히 정돈된 J네 냉장고 안을 들여다보면 괜히 마음이 든든해졌다.

오랫동안 채식을 해 온 J의 요리는 담백하니 간이 심심한 것이 특징이었다. 두부와 브로콜리가 잔뜩 든 채식 카레나 짜장, 다양한 종류의 버섯이 조화를 이루는 짭조름한 버섯덮밥 등 주로 한 그릇 요리와 약간의 반찬을 내주었다. J의 음식은 아무리 많이 먹어도 속이 더부룩하지 않고 소화가 잘 된다. 동물성 재료 없이 오로지 채소로만 만든 요리가 맞는가 싶을 정도로 맛있기도 했다.

들깨가루를 좋아하게 된 것도 순전히 J 때문이었다. 이에 끼는 것 말고는 고소한 들깨가루가 최고라면서 웬만한 국에 넣으면 더 맛있어진다는 그녀의 말에, 한때는 나도 모든 음식에 들깨가루 한 스푼을 넣어 먹은 적이 있었다.

그때는 어떤 음식이든 뚝딱 만들어 내는 모습이 어찌나 대단해 보였는지, J가 나보다 열 살쯤 더 먹은 어른처럼 보였다. 무엇을 먹을지, 어떻게 요리할지 직접 결정하고 뚝딱 해내는 J의 모습이 그저 신기하기만 했다. 그리고 일찍 시작한 결혼 생활로 또래가 겪지 못한 어려움을 지혜롭게 극복하는 모습을 보면서 나도 모르게 그녀를 많이 의지했던 것 같다.

채소의 맛과 식감에 대해 자세히 이야기하는 걸 좋아했던 J와 만나면 맛있는 음식을 탐구하는 재미도 있었다. 생각해 보면 J와 나는 이십 년을 넘게 친구라는 이름으로 '함께 먹어 온 사이'이기도 하다. 가족도 아닌데 그동안 우리가 함께 한 끼니 수를 세보자면 친구라는 존재는 대단한 인연인 것 같다.

이번에도 그녀는 자신만의 방식대로 따끈한 들깨미역국을 통해 위로를 건넸다. J를 만나고 집에 들어간 날 밤, 집에 들어가자마자 미역국을 데웠다. 주방엔 고소한 들깨 향이 솔솔 퍼졌다. 방금 지은 밥과 함께 그녀의 미역국을 한 숟갈 뜨는 순간, 또다시 눈물이 흘렀다. 이걸 끓이겠다고 아침부터 분주해 했을 그녀의 모습이 그려진 것이다.

불현듯 책에서였는지 아니면 영화에서였는지. 어딘가에서 본 '국을 끓인다는 것'에 대한 단상이 스쳤다. 기억에 따르면, 국을 끓인다는 건 오직 먹게 될 상대—혹은 자신—를 위해 뜨거운 불 앞에서 기꺼이 시간을 내어 냄비를 젓는 것으로, 그 자체만으로 대단한 행위이자 시간과 정성만큼 간절한 마음이 담긴 국은 어떤 국이든 맛이 없을 수 없다는 것이었다.

특히 국이나 수프를 끓이기 위해선 적어도 불 앞에 최소 한 시간은 지키고 있어야 하니까 웬만한 정성이 아니고선 해내기 어려운 음식인 건 틀림없다. 아마도 냄비 앞에 선 J는 자신의 위로가 닿아 괜찮아지길 바라는 간절한 마음을 들깨미역국에 듬뿍 담아 끓였을 거다.

결국 그날 밤 눈물과 범벅이 된 미역을 꾸역꾸역 삼키면서 행복해지자고 마음을 다잡았던 기억이 난다. 그리고 나도 언젠가 그녀에게 따끈한 국을 끓여 주겠다고 다짐했다. 육수가 아닌 채수에 달큼한 무, 말캉거리는 두부를 넣고 오랫동안 끓인 무국을 말이다. 그래서 되도록이면 그때가 제주도의 월동무가 맛있는 겨울이면 좋겠다. 한겨울에 수확하는 월동무로 푹 끓인 무국 한 숟갈은, 왜인지 추운 겨울을 나게 하는 힘을 줄 것 같다. 그리고 이왕이면 행복과 기쁨을 축하하기 위한 국이면 좋을 것 같다고 생각한다.

위로 두 스푼 넣고 진하고 담백한 채수로 맛을 낸
뽀얀 들깨미역국

준비물 국물거리(마른표고 달랑 두어 개, 손바닥 크기의 다시마 한 장, 물 약 2L),
미역, 들깨가루, 들기름 조금, 국간장, 소금, 그리고 비법 재료 하나

① 실제로 J가 국물을 내는 방법입니다. 마른표고 두세 개와 다시마에 물
  약 2L를 넣어 하루정도 두면 감칠맛 도는 채수가 완성됩니다. 끓일 필
  요도 없습니다.

② 달궈진 냄비에 들기름과 충분한 양의 미역을 넣고 달달 볶아 줍니다.

③ 냄비에 채수를 넣어 끓이고, 팔팔 끓어오르면 먼저 국간장으로 간을 한
  뒤, 색을 봐서 나머지 간은 소금으로 마무리해 줍니다.

④ J가 추천해 준 또 다른 비법 재료는 바로 '순두부'입니다. 순두부의 몰랑
  한 식감이 들깨미역국과 잘 어울립니다.

⑤ 들깨가루 한 스푼으로 마무리!

♣ 순두부를 넣게 되면 간은 좀 세게 하세요.

때를 놓쳐도
괜찮아

"정직원으로 전환되기만 하면 누구보다 잘할 자신은 있는데, 나에겐 마치 욕심내면 안 될 탐욕 같다고 해야 하나."
"무슨 소리야. 지금 그런 소리 할 시간이 어디 있어. 당장 내일이 면접인데 그렇게 위축돼 있으면 어떻게 해. 어서 자신감 회복부터 해. 이럴 시간에 예상 질문이나 더 생각해 보자."

수화기 너머 들리는 J의 무거운 목소리가 땅으로 꺼져 버릴 것만 같았다. 아마도 J는 다 잘될 거라는 따뜻한 대답을 기대하고 꺼낸 말일텐데, 괜히 당사자보다 다급해진 내가 본론부터 이야기하고 만 것이다.

'그렇지 않아. 넌 충분히 차고도 넘쳐. 네가 잘해서 해낸 거니까 조금 더 힘내!' 이렇게 대답을 해야 했는데…. 그렇게 위로의 때를 놓쳐 버렸다. 휴대폰을 붙들고 있으면서도 몇 번이나 후회가 밀려왔지만, 면접을 대비하자는 말로 겨우 대화를 이어갔다. 드문드문 정적이 흐를 때마다 얼어붙은 입을 떼려고 눈을 괜히 몇 번이나 깜빡였는지 모르겠다. 자신감이라고 적힌, 언제 터질지도 모르는 폭탄을 주고받는 아슬아슬한 대화를 끝내고 나니 여름밤의 공기가 제법 서늘해졌다. 선풍기가 고개를 돌리며 무거운 공기를 휘저었다.

전화를 끊고 잠을 청하려다가 다시 눈을 떴다. 주섬주섬 일어나서 주방으로 향했다. 냉장고 문을 열고 그 안을 꼼꼼히 살펴보았다. 그러다 꽤 오랫동안 냉장고 한편을 차지했던 시들해지기 직전의 체리를 발견했다. 선물받은 지 꽤 된 것이라 과육이 가장 맛있을 때를 놓친 것이다. 하지만 아직 늦지 않았다. 후회는 금물이다. '때를 놓쳐서 미안해. 그만큼 더 달달해졌으면 좋겠어.'

때를 놓친 과일은 무조건 버리는 것만이 능사는 아니다. 시들해진 체리의 꼭지를 떼고 반으로 갈랐다. 씨가 단단히 박혀 있지만 도려내야 했다. 새빨간 과즙이 체리 껍질을 타고 줄줄 흘렀다. 체리를 냄비에 넣고 그보다 살짝 적은 양의 설탕을 넣었다. 한소끔 끓어오를 때 즈음 레몬즙을 넣고 국자로 저었다. 시커먼 한여름 밤에, 이 더위에, 그것도 불 앞에서 대체 내가 무슨 짓을 하고 있는 걸까. 이렇게 열심히 젓는다고 놓쳐 버린 때가 다시 돌아오는 것도 아닌데 말이다. 어느덧 냄비 안 국자는 노를 젓고 더 멀리 나아가 J를 처음 만났던 그 시절에 닿아 있었다.

J와 처음 만난 건 단발머리를 한 중학생 시절이었다. 당시엔 보이 그룹 보이스투맨의 인기가 상당했는데, 우리 반에선 나와 J, 그리고 몇몇 친구끼리 결성한 '걸스투우먼'이 그 인기를 넘어섰다. J는 라디오 듣는 것을 좋아했고 PC 통신에 푹 빠져 있었다. 어쩌다 같은 학원까지 가게 된 J와 나는 수업이 아닌 음악을 더 즐겨 들었다. 그녀가 추천한 음악과 책, 영화는 지금의 내 취향에도 상당한 영향을 끼쳤다.

스무 살이 넘어서는 어른 흉내를 낸다며 허름한 술집에서 거나하게 마시기도 했다. 그리고 술자리에서 나눈 대화를 수첩에 기록한 일명 '술첩'을 썼고, 함께 좋아하는 감독의 영화를 봤다.

"나는 도전을 즐기는 성향이 아니잖아. 넌 도전을 두려워하지 않는 것 같아. 그래서 네가 참 대단하다고 느껴져."

하고 싶은 것이 너무 많아서 골치가 아프다는 이상한 투정을 하는 나에게 J는 늘 이렇게 말했다. 솔직히 그 말에 조금은 우

쭐해 하기도 했다. 도전이라는 게 막상 별것 없고 재미있는 것
이라고 대답하고 싶었지만, 정작 입 밖에 내기는 어려웠다. 네
문장이 어느 작가와 닮은 것 같다, 네 단락이 어느 단편 소설
의 도입부와 비슷하다면서 늘 분에 넘치는 칭찬으로 나를 치
켜세우던 것도 J였다. 생각해 보면 J의 그런 말들이 그간 나의
도전에 큰 힘을 보태 주었다.

그런 그녀가 수화기 너머에서 '지금 바라는 게 탐욕'이라고
말하는 순간, 눈물이 핑 돌았다. J와 이십 년을 지내면서 내가
먼저 그녀에게 용기를 내어준 적이 없었다는 게 기억났다. 그
녀가 주는 격려에 심취해 있기만 해서, 정작 그녀의 고민엔 무
심했다. 네가 내게 준만큼 아니 어쩌면 더 채워 주었어야 했는
데, 과거를 아무리 샅샅이 훑어도 그런 기억이 없다.
겁에 잔뜩 질려 사색이 된 J에게 대체 왜 따뜻한 위로 한 마디
를 전하지 못했을까. 문득 그동안 그녀에게 나의 이야기만 하
지 않았나 하는 생각이 들었다. 내가 진정으로 타인의 상처와
아픔을 공감하고 있는지 자문할 수밖에 없었다.

위로의 때를 놓쳤다 싶었지만 국자를 고쳐 잡고 반대로 젓기
시작했다. 여전히 수많은 근심이 체리와 설탕에 뒤엉켜 냄비
속을 둥둥 떠다녔다. 마침내 냄비 안의 체리가 흐물흐물해졌

다. 체리를 빼닮은 새빨간 국물도 어느새 녹진거린다.

추억 여행에서 막 벗어난 나는 갑자기 기분이 좋아졌다. 때를 놓쳐서 버릴 뻔한 체리를 살려 내서 기뻤고, 그녀를 위로할 좋은 방법이 떠올라서 기뻤다.

냄비 속 국자는 마치 황량한 바다 한가운데에서 방향을 찾은 기적의 노와 같았다. 그 사이 체리의 양은 반으로 확 줄어 버렸다. 그만큼 나의 후회와 미안함, 그리고 우리의 간절함이 농축돼 있을 것이다. J를 만나기로 한 날까지 남은 이틀 동안 더 진하게 숙성하길 바라며 가스 불을 껐다.

"아, 맞다. 그거 잼 아니야, 콩포트야! 맛있게 먹으려면 통으로 된 식빵이랑 생크림을 사. 반드시 통 식빵이어야 해. 그리고 빵을 두껍게 잘라서 달걀물을 입히고 버터를 두른 팬에 구워. 아, 아니다. 귀찮을 테니까 달걀물이고 뭐고 그냥 팬에 올려서 앞뒤로 굽기만 해도 돼. 한 김 식으면 빵에 생크림을 바르고, 그 위에 이 콩포트를 끼얹어. 잼처럼 바르는 게 아니라 끼얹는다는 느낌으로 말이야!"

미안한 마음이 아직 가시지 않았는지 J를 만나자마자 어색한 말을 쏟아냈다. 그리고는 지난 밤 뭉근히 끓인 체리 콩포트가 담긴 병을 수줍게 내밀었다. 달달한 백 마디 위로를 진하게 농축해서 병에 가득 담았다고 하면서 말이다. 콩포트를 받아 든 J의 입가에 미소가 번졌다. 그제야 무겁던 마음이 조금은 가벼워졌다.

만약 그날 밤에 시들기 직전의 체리를 발견하지 않았다면, 설탕과 뒤섞인 과육을 젓지 않았다면 놓쳐 버린 위로의 때를 되찾을 수 있었을까.
뒤늦게라도 J에게 위로를 전할 수 있어서 얼마나 다행인지 모르겠다. 비록 때를 놓치긴 해도 더 오랫동안, 더 진하게, 더 달콤하게 즐길 수 있는 '콩포트'를 그녀에게 전할 수 있어서 말이다.

혹시 위로를 건네고 싶은 지인이 있다면 당장 냉장고 문을 열어 보자. 과일이 있다면 꺼내고 설탕도 챙기자. 먹을 때를 놓쳐 시들기 직전의 과일이라면 더 좋다. 진득하게 냄비 앞에 서 있을 넉넉한 시간은 필수다. 그리고는 위로가 진하게 농축된 잼이나 콩포트를 선물하자.
때를 놓쳐도 마음을 전할 수 있는 유일한 방법일지도 모른다.

버리지 마세요!
때를 놓친 과일 활용법

준비물 먹을 시기를 놓친 과일, 그리고 설탕

① 과일과 씨를 분리합니다. 이때 섭취 방식이나 과육 상태에 따라 콩포트
(compote)로 할지, 잼(jam)으로 할지 결정해야 합니다. 잼이라면 과일과
1:1, 콩포트라면 1:0.5(혹은 과일의 당도에 따라 가감) 비율로 넣습니다.

② 약불에 서서히 졸여 줍니다. 잼이라면 으깨고 뭉개는 느낌으로 젓고, 콩
포트는 최대한 과육의 형태가 망가지지 않게 천천히 젓습니다. 이때 레
몬즙을 넣어 주면 점성이 좋아지고 선명한 색을 얻을 수 있습니다.

③ 잼이라면 걸쭉해지고 단단해지면, 콩포트라면 설탕이 다 녹고 묽어지기
시작하면 불을 끕니다.

④ 달달한 마음이 농축된 콩포트(혹은 잼)는 나눌수록 더 커지고 맛있어지
는 법. 반은 나를 위해, 반은 위로가 필요한 누군가를 위해 담습니다.

⑤ 불 앞에 서는 게 싫다면 그냥 설탕에 절여 두기만 해도 맛있는 청을 맛
볼 수 있습니다.

두께는
여유의 척도

빵 한 장 위에 토마토, 잎채소, 오이, 파프리카, 구운 가지, 햄이나 치즈… 그리고 내가 좋아하는 것 왕창. 마지막으로 다시 빵 한 장.

이 두툼한 샌드위치 한입을 베어 물기 위해서는 대체 얼마나 입을 벌려야 하는지! 입을 더 크게 벌릴수록 묘한 웃음이 새어 나왔다. 샌드위치의 두께가 곧 주머니 사정과 같았던 옛 추억이 떠올랐기 때문이다.

뉴질랜드에 있었을 때는 대체 무슨 부귀영화를 누리겠다고 죽어라 일하랴 공부하랴, 그렇게 지독히 애를 쓰고 살았는지 모르겠다. 지금이라면 도저히 상상도 할 수 없을 정도의 학원-집-알바로 반복되는 단조롭고 고된 일과는 아침에 눈을 뜨자마자 바로 시작됐다. 삼시세끼를 꼬박꼬박 챙겨 먹던 습관이 남아 있어서 그 와중에도 아침 식사를 포기할 수 없었다.

아침 일곱 시, 눈을 반쯤 감은 상태로 공용 냉장고 안 내 이름이 적힌 칸에서 치즈와 생 햄을 꺼내고 식빵 두 장을 집어 든다. 얇은 식빵을 바닥에 깔고 그 위에 치즈 한 장, 그리고 생 햄 한 장ー아르바이트비를 받는 날엔 두 장을 올렸다ー을 올리고 다시 식빵을 덮어서 전자레인지에 넣고 10초 기다린다. 땡! 하는 경쾌한 소리가 들리면 전자레인지의 문을 열고 김이 올라 말랑거리다 못해 흐물흐물해진 빵을 꺼낸다.

전자레인지 안에서 숨이 팍삭 죽은 치즈와 햄이 축 처져 버려서 가뜩이나 얇은 샌드위치가 더 얇아져 있다. 축축하고 흐물흐물해서 형편없어 보여도 고소한 치즈와 짭조름한 햄이 입 안에서는 완벽한 조화를 이루었다. 생활비를 아껴야 하는 형편이라 빵 속 재료를 가득 넣을 수 없던 상황치고는 근사한 아침 식사였다. 여기에 차가운 우유 한 잔을 곁들이면 식사는 더 완벽해졌다. 흡족해 하며 식사를 마쳐 갈 때가 되면, 옆에서 지켜보던 룸메이트 리비가 내 이름의 중국식 발음인 '지하이!'라고 부르며 꼭 한 마디를 얹었다.

"양상추나 두꺼운 햄, 베이컨, 달걀 프라이, 토마토 같은 걸 추가로 넣으면 더 근사한 샌드위치가 될 텐데 왜 그렇게 빈약하게 먹어?"

"난 그냥 심플한 맛이 좋거든."

매일 아침마다 되풀이하는 대화였다. 한두 번이면 그만할 법
도 한데, 매일같이 잔소리를 퍼붓는 걸 보니 그녀 눈에는 이런
내가 어지간히도 이상해 보였나보다. 리비는 막상 그렇게 이
야기하면서도 필요한 것이 있으면 자기 칸에서 꺼내 먹으라
고 했는데 나의 대답은 항상 같았다. 고맙지만 사양한다고 말
이다. 알량한 자존심이었다.

나라고 좋아하는 재료를 잔뜩 넣어 속이 푸짐한 샌드위치를
먹고 싶지 않았겠는가. 넉넉하지 않은 타지 생활에 돈을 아껴
야만 했기 때문에 샌드위치의 두께를 포기하는 건 어쩔 수 없
는 선택이었다. 그래도 먹는 건데 싫어 사치를 부려 볼까 했지
만 그렇게 경계를 하나둘 해제해 버리면 당장 방세를 낼 돈도,
학원에 갈 돈도 없던 상황이라 관두었다. 게다가 이른 아침부
터 밤늦게까지 쉴 틈 없이 이어지는 꽉 찬 일상에서 유독 눈
꺼풀이 무거운 아침은 전쟁 그 자체였다.
시간적으로나 금전적으로나, 만들기부터 먹는 것까지 채 15
분도 걸리지 않는 이 샌드위치만큼 완벽한 식사는 없었다. 시
간과 돈이 부족한 타지의 전쟁터에서 살아남기 위한 일종의
전술이었던 거다. 그렇게 꼬박 일 년 넘게 속이 부실한 얇은
샌드위치를 먹었다. 그런데 뉴질랜드를 벗어나기만 하면 끝
날 줄 알았던 눈물 젖은 샌드위치와의 인연은 계속 됐다.

무슨 배짱인지 한국으로 돌아온 지 얼마 되지 않아 다시 떠나기로 마음을 먹은 것이다. 오랫동안 꿈꿔 온 동유럽 일주를 위해서였다. 아르바이트를 해서 모은 돈을 들고 드디어 인생 첫 유럽 여행길에 올랐다. 여행은 떠나지만 그때도 주머니 사정이 넉넉하지 않은 건 마찬가지였다. 그런데 큰 걱정도 없었다. 나에겐 실패 따위 없는 확실한 전술이 있기 때문이었다.

기다랗게 늘어진 봉지를 한 손에 들고, 어깨엔 어마어마한 무게의 배낭을 짊어진 여정이 다시 시작됐다. 배낭이 곧 삶의 무게라며 스스로를 다독이면서 걷다 보면 어느새 숙소에 다다랐다.

외출을 할 때엔 한 손엔 어김없이 기다란 봉지가 들려 있었다. 한참을 돌아다니다가 배가 고프면 벤치에 자리 잡고 앉아 봉지를 열었다. 봉지 안엔 식빵과 땅콩버터 그리고 일회용 나이프가 들어 있다. 능숙한 솜씨로 얇은 식빵 한 장을 손바닥에 올리고 땅콩버터를 골고루 펴 바른다. 배가 많이 고플 때는 중간에 식빵 한 장을 더 끼워서 먹었고, 그렇지 않을 때는 그대로 반을 접어 먹는 식이었다. 식빵을 베어 물면 땅콩 특유의 느끼한 맛이 입안에 퍼졌다. 식빵의 종류도 상당히 중요했는데 어떤 것은 가장자리가 꽤 질겨서 속살만 쏙 빼먹고 버린 적도 있었다.

저녁 한 끼를 거하게 즐기기 위해서 이렇게 두 끼를 부실하게 때우는 것쯤은 가난한 여행자에게는 일도 아니었다. 그러다 빵이 떨어지면 마트에 가서 개중에 양이 많고 가격이 가장 싼 빵을 샀다. 속 재료 정도는 바꿀 만도 한데, 여행 첫날 구입한 땅콩버터의 용량이 커서 버리거나 새로 사기엔 아까워 그냥 먹기로 했다. 삼십여 일 동안 땅콩버터 바른 식빵을 거의 매일같이 먹었다. 드디어 여행 마지막 날, 바닥이 훤히 보이던 땅콩버터 병을 버릴 때 들었던 묘한 쾌감은 아직도 잊을 수가 없다. 이맘때쯤 했던 여행의 끼니는 대개 이런 식이었다.

사실 샌드위치는 잘 차려진 식사라기보다 간이, 대체와 같은 가벼운 음식이라는 느낌이 강하다. 수저나 포크가 필요하지 않고 겉에 쌓인 비닐이나 종이를 벗기기만 하면 언제 어디서든 먹을 수 있기 때문이다. 실제로 샌드위치의 역사를 들여다보면 타지에서 살아남기 위한 전술이었던 한 나의 속사정과 비슷한 유래를 볼 수 있다.

영국에 '샌드위치'라는 이름의 공무원이 있었는데, 도박을 즐기던 그가 게임 중에 빨리, 그리고 배불리 먹을 수 있도록 빵 사이에 고기를 끼워 먹던 것이 샌드위치의 시작이라는 설이 있다. 하지만 이는 상대 진영의 루머로 밝혀졌다고 한다. 실제로 그는 도박과는 거리가 멀었고, 스포츠가 취미였으며, 루머

만큼 부패하거나 무능하지도 않았다. 오히려 시간을 다투며 일을 처리해야 해서 빨리, 간단히 먹기 시작한 것이 지금의 샌드위치가 되었다는 설이 유력하다. 이것 말고도 여러 가지 유래가 있지만, 어찌 됐든 그때나 지금이나 샌드위치는 간단하고 빠르게 먹던 음식인 모양이다.

반면, 제2차 세계대전 이후 미국에서는 샌드위치가 고급 요리인 적도 있었다고 한다. 이때의 샌드위치는 특급 요리사가 직접 내오던 요리로, 여기에 캐비아나 로브스터 등 값비싼 속 재료를 넣는 요리사가 최고의 평가를 받았다. 이렇게 보면 또 샌드위치의 두께가 곧 여유의 척도라는 것도 전혀 아닌 말은 아닌 셈이다.

어쩌면 속이 완전히 갖추어지지 않은 나의 얇은 샌드위치를 보고 누군가는 궁상이라고 여길 수도 있다. 사실 당시엔 그 샌드위치가 진짜 맛있기도 했고 매일같이 먹어도 전혀 질리지 않아서 먹는 걸 즐겼다는 편이 맞다. 게다가 그때는 왜인지 이런 상황이 딱히 싫지도 않았다. 머나먼 타지에서 생각보다 잘 해내고 있음에 스스로 대견해 한 것이다. 남들에 비해 자기 절제가 서툰 나 자신에게서 처음으로 무언가를 해내겠다는 의지를 확인한 것 같아서 내심 기쁘기도 했다.

화려한 요리가 있는 맛집에 가지 않아도, 좋은 숙소에서 호사를 누리지 않아도 타지에서 씩씩하게 걷고 있는 내 모습이 좋았다. 그 얇은 샌드위치가 누군가의 눈에는 지지리 궁상이었을지 몰라도, 나에겐 정말 소중한 기억이 아닐 수 없다. 그런데 막상 말은 이렇게 해도 사실 그 이후로 오 년 동안 샌드위치를 입에 대지 않았다.

그러다 어느 해 봄부터 다시 샌드위치를 만들어 먹기 시작했다. 상추, 로메인, 치커리, 겨자채, 오크리프, 케일 등의 푸성귀와 오이, 애호박, 피망, 단호박 등 먹을 것이 풍성한 그즈음에 말이다. 과연 덮는 게 가능할까 싶을 정도로 빵 사이를 두툼히 채워서 꽉 누를 때마다, 여기저기 떨어지는 자투리를 주워 다시 빵 틈바구니에 넣을 때마다 십 년 전에 먹던 그 얇은 샌드위치가 떠오른다.

채소와 치즈, 패티로 속을 가득 채우고 그 반을 자르면 드러나는 켜켜이 쌓인 형형색색 모양이 그렇게 뿌듯할 수가 없다. 마치 빈약한 과거를 딛고 일어나 풍족한 현재를 살아가는 느낌이랄까.

나중에 알게 된 더 재밌는 사실은, 달랑 치즈와 햄만을 넣은 샌드위치가 프랑스의 크로크무슈croque-monsieur와 똑 닮았다는 거다. 그리고 땅콩버터와 잼, 그리고 식빵은 미국인이 즐겨 먹는 토스트의 조합이라고 한다. 이들이 먹는 것과 내가 먹던 그 빈약한 샌드위치가 딱히 다를 것도 없어 보였다.

어려운 상황에서도 먹고 사는 일을 가벼이 여기지 않고 나름 대로의 의미를 부여한 젊은 날이 있어 지금의 내가 있는 것이 틀림없다. 빈약한 샌드위치의 경험 덕분에 지금의 속이 꽉 찬 풍성한 샌드위치를 더 감사히, 귀하게 여기며 먹을 수 있게 된 것이니 말이다.

기나긴 겨울과 봄을 지나면 반드시 여름이 다가온다. 빵과 빵 사이를 꽉 채울 수 있는 풍성한 샌드위치를 즐길 수 있는 계절이 돌아온 것이다. 푸성귀와 온갖 열매가 지천인 여름엔 샌드위치가 딱이다.

생김새와 맛도 두께도 내 맘대로
샌드위치

준비물 넓적한 모든 종류의 빵 두 장, 잎채소 일체 혹은 냉장고 안 자투리 채소, 여하간 원하는 속 재료 모두 OK!

① 샌드위치에 들어가는 잎채소는 단단한 로메인이 가장 좋습니다만 웬만하면 종류를 불문하고 다 넣어도 무방합니다. 하지만 하루 이상 두고 먹을 때는 상추 같이 물기가 많은 채소는 빼는 것이 좋습니다.

② 샌드위치용 식빵(혹은 기호에 따라 통밀빵, 넓적하게 자른 바게트, 사우어 브레드, 베이글 등도 가능) 한 면에 마요네즈나 홀그레인 머스터드소스를 얇게 바릅니다. 다만 맛이 강한 소스는 피하는 게 좋습니다. 사실 소스는 맛을 내기보다 식빵에 물기가 스며드는 걸 방지하는 역할입니다.

③ 잎채소의 끄트머리를 교차로, 큰 것은 반 접어서 쌓아 줍니다.

④ 햄, 치즈, 닭가슴살, 참치 등 토핑은 온전히 기호에 따라 양껏, 아주 잔뜩 넣습니다. 되도록 토마토는 꼭 넣는 것을 추천합니다.

뭘 먹지?

계획대로라면 해가 뜨기도 전에 일어나 있어야 하는데 역시 이번 주도 실패다. 자책 대신 창문 너머 바깥을 살폈다. 앞엔 네모반듯한 건물이 있고, 뒤엔 뻥 뚫린 놀고 있는 땅이 있다. 그래도 여름 가을께에는 푸르고 노랗고 붉던 것들이 제법 봐 줄 만했는데, 어느새 창문 밖은 튀는 색 하나 없이 건조하고 앙상해져 있었다.

회사와 집, 평일 내내 같은 일상을 보내느라 그런지 희한하게 매년, 매달, 매주 셀 수 없이 맞는 주말 아침은 매번 다르게 느껴진다. 해가 뜨기 전에 커피 한 잔으로 토요일 아침을 맞이하려던 야심 찬 계획은 비록 수포가 되었지만, 이럴 때 일수록 더 치밀하게 행동해야 한다. 어제저녁부터 아니, 사실 지난 월요일부터 생각해 둔 주말 아침 식사를 준비하려면 말이다.

남편을 깨울까 하다가 관뒀다. 전쟁터가 따로 없는 평일 아침을 다섯 번이나 겪었으니 주말만큼은 혼자 평온한 아침을 보낼 것이다. 원두를 꺼내어 드륵드륵 갈고, 드리퍼에 넣어 물줄기를 쪼르르 떨궜다. 빙빙 돌던 커피 길이 동글게 부풀어 올랐다. 버튼 하나로 해결되는 평일의 바쁜 커피와는 분명 차이가 있다.

그 사이 뭘 해야 할지 망설이던 손이 기어코 냉동실에서 빵 한 조각을 찾아냈다. 언제 어디서 샀는지 기억이 나지 않지만 풍미가 달아나기 전에 내 손길을 기다린 건 분명하다. 삼십 분이 지나면 꽁꽁 얼어 있던 빵이 아무 일도 없다는 듯 다시 부드럽게 녹아 있을 것이다.

드립 커피와 이제 막 녹은 빵 한 조각, 방울토마토 몇 알이 접시 위에 놓였다. 계획은 분명 오믈렛 아니, 최소한 달걀 프라이와 따끈한 빵, 버터, 샐러드가 가득한 접시였지만 그냥 그런대로 만족스러운 한 끼다. 뜨겁게 달아오른 커피 잔을 들어 한 모금을 마셨다. 빵 한 조각을 넣고 우물거리는 입, 초점 없이 접시를 응시하는 두 눈, 잔의 고리를 잡은 손가락은 본래의 감각을 더 진하게 느끼느라 정신이 없다.

아아, 이 순간을 얼마나 기다려 왔던가. 입안의 것을 씹어 삼

키며 지금 이 순간을 위해 그 지긋지긋한 일상을 견딘 것이라며 고개를 끄덕였다. 그러고 보니 토요일 아침을 애타게 기다리는 건 그때 그 시절이나 지금이나 마찬가지다.

때는 1990년대를 갓 넘긴 2000년. 지금이야 주 5일제가 당연한 세상이지만, 그때만 해도 회사든 학교든 주 6일제거나 격주제가 막 도입되던 시기였다. 당시 중학생이던 나는 오후 수업이 없는 토요일을 애타게 기다렸다. 특히 둘째, 넷째 주 토요일은 등교할 때부터 유독 신이 나 있었다. 이 주는 동아리 활동을 하는 '특별활동'이 있는 토요일로, K와 나는 등교하는 발걸음이 가볍다 못해 하늘로 솟아오를 지경이었다.

우리가 속한 영화감상 동아리는 다른 동아리보다 무려 30분이나 일찍 끝이 났다. K와 나는 수업이 끝나기가 무섭게 황급히 가방을 챙겨서 떡볶이 백화점으로 향했다. 일고여덟 개의 떡볶이 집이 빌딩 지하에 몰려 있어서 '떡볶이 백화점'이라 불리는 이곳은 각각의 가게마다 다른 특징을 가지고 있었다. 이들은 그 집 딸 아들의 이름을 붙인 영호네집, 나래분식과 같은 간판이거나, 희망적이고 밝은 단어를 내건 샛별분식, 우리꿈 떡볶이집 등의 다양한 이름을 달고 반겨 주었다.

대부분 즉석 떡볶이가 주력 메뉴였고 가게마다 다른 사리의 종류가 곧 그 가게의 시그니처가 되었다. 어느 집은 찰랑찰랑 넘치는 국물이 특징인 곳이 있었는데, 이십여 년 전의 일이니까 아마도 이 집이 국물 떡볶이의 원조가 아닐까 싶다.

또 어느 집은 떡볶이보다 남은 떡볶이 국물에 하얀 밥과 잘게 쪼갠 떡, 김 가루 잔뜩, 다진 채소, 참기름을 휘휘 뿌려 주는 일명 '떡 볶음밥'이 유명하기도 했다. 기름기를 머금고 가볍게 흩날리는 밥알과 쫄깃한 떡살의 조화, 여기에 고소한 참기름 냄새가 분식의 격을 한층 끌어 올려 주었다는 평가를 받았다.

하지만 토요일에는 떡볶이가 아닌 다른 음식을 먹었다. 탕수육도 아닌 '탕수만두'를 말이다. 오후 수업 없이 일찍 끝나는 특별한 날이라 뭔가 색다른 음식을 먹어야겠다고 생각한 모양이다. 소위 연예인 '덕질'을 하다가 엄마한테 혼이 나고, 명찰을 달지 않았다고 선생님께 경고를 받은 평일을 보내긴 했어도 이만하면 무사히 한 주를 보냈다는 우리만의 세리머니이기도 했다.

탕수만두 가게에 도착하자마자 나는 우아한 손길로 싸구려 티슈 위에 수저를 놓았다. 그 사이 K는 단정히 단무지와 간장을 세팅했다. 그리고는 주방을 향해 "탕수만두 하나 주세요!"라고 외치면, 우리를 알아본 아주머니가 만두 외 다른 튀김까지 섞어 푸짐한 한 접시를 내어 주었다. 음식이 나오면 우리는 아무 말도 하지 않고 허겁지겁 먹기만 했다.

"아, 배불러. 너무 맛있었어!"
"진짜 잘 먹었다. 지금쯤이면 다른 애들도 끝났으려나?"

배가 너무 불러서 교복 단추 하나를 푸르면 토요일의 만찬은 끝이 난다. 그리고는 뒤늦게 쏟아져 나오는 친구들을 기다리거나 노래방에서 신나게 노래를 부르고 각자의 집으로 향했다.

이십 년이 지난 지금, 우리는 토요일의 특별활동보다 금요일의 저녁을 기다리는 성인이 되었다. 하는 일은 다르지만 K와 나는 신나게 마시고 노는 일명 '불금'만을 애타게 기다리는 직장인이 되었다. 그런데 문제는 불타는 금요일을 보내고 나면 토요일도 같이 불에 타 버린다는 점이었다.

해를 거듭할수록 창문 밖 어둠과 「무한도전」 시그널이 뒤섞인 토요일 저녁을 맞는 것이 예삿일이었다. 빙글빙글 돌던 침대가 겨우 멈춰 서면 그제야 일어나서 깨질 것 같은 머리를 부여잡고 겨우 라면이라도 끓인다. 불금이라는 낙조차 없으면 대체 뭘 위해 사는 거냐며 남편과 친구와 동료와 들던 술잔도 빙빙 돌다 겨우 제자리를 찾았다. 어제의 불금을 함께한 사람들도 상황은 마찬가지여서, '나의 토요일은 대체 누가 훔쳐 갔냐'는 메시지가 휴대폰을 통해 정신없이 울리기 시작하는 것도 그즈음이다.

특별한 토요일이 불금에 가려져서 흔적도 없이 사라질 뻔했다. 그런데 언젠가부터 토요일 저녁이면 어김없이 찾아드는 깜깜한 창밖과 퉁퉁 불어 터진 라면, 술 냄새가 채 가시지 않은 베갯잇에 회의를 느끼기 시작했다. 마침내 금요일을 적당히 즐기고 남은 주말을 더 알차게 보내자는 결론에 도달한 것이다.

또렷한 정신으로 토요일 아침에 차린 접시를 볼 때마다 탕수만두를 택했던 어린 나를 마주하는 것 같아 묘한 기분이 든다. 이제는 탕수만두가 아닌 해동한 빵이나 디저트, 요구르트나 과일 등 보기엔 평범한 음식이지만, 이 접시엔 쳇바퀴 같이 흘러가는 일상의 지루함, 이번 주도 무탈했다는 안도와 평화, 그리고 뭐가 그리 바쁘다고 사 두고도 다 먹지 못한 평일의 고단함도 담겨 있다.

접시 위에 놓인 것들은 평일의 잔재와도 같아서, 천천히 입에 넣어 우물대면 지난 한 주를 음미할 수도 있다. 접시 위의 음식들이 분주하게 보낸 평일에 대해 차근차근 이야기를 들려 주기 때문이다. 온전한 하나도 아니요, 그렇다고 미련 없이 버릴 정도로 적은 양도 아닌 애매하게 남은 이 음식을 한 접시에 모아 놓으면 그 자체만으로도 이토록 특별하다.

별안간 접시를 앞에 두고 깊은 생각에 빠져 있다 정오쯤 됐을까. 불금을 보낸 남편이 방문을 열고 구부정하게 등장했다. 으이그, 으이그 하면서도 진즉에 끓여 둔 황태해장국을 내어 주었다. 대체 간밤에 얼마나 마신 거냐고 잔소리를 퍼붓고 싶었지만, 요새 부쩍 업무 스트레스에 시달리는 중이라 입을 꾹 다물었다. 덕분에 혼자 차분한 토요일 아침을 즐겼으니까 그걸로 됐다.

"어우, 시원하다."

해장국엔 갓 지은 하얀 쌀밥과 쉬기 직전의 파김치도 필수다. 먼저 밥 대신 국물을 들이켜던 남편은 결국 밥 한 공기를 통째로 국에 쏟아부었다. 황태와 무, 흰밥이 섞인 꽉 찬 한술이 그의 입으로 들어간다. 점점 동작이 빨라지더니 뭐 좋은 일이라도 있는지 어느새 콧노래까지 부르기 시작했다. 남편은 이렇게 토요일 아침을 맞이했다.

어쩌면 주말에 뭘 먹지 하는 고민은 의미가 없을 지도 모르겠다. 어차피 답은 정해져 있기 때문이다. 지난 평일을 곱씹는 특별한 한 접시, 이 정도면 딱 충분하다. 그러고 보면 내가 그토록 바라는 삶의 행복이라는 건 그리 거창한 것도 아닐지 모르겠다.

음식에 대한 사랑처럼
진실된 사랑은 없다

조지 버나드 쇼 George Bernard Shaw

추억 요리로 차리는

기억의 식탁

6부.

밥 차려 주는
예쁜 엄마

나는 외동딸이다. 엄마가 낳은 이 세상의 단 한 사람이다. 아직 아이가 없어서 그런지 엄마에게 내가 어떤 의미인지는 잘 모르겠다. 다만 아직도 매일같이 서른 중반을 훌쩍 넘은 딸에게 밥은 잘 챙겨 먹었느냐고 할 때마다 짐작해 볼 뿐이다.

사실 밥을 먹었냐는 질문에 대한 대답이 뭐든 딱히 의미는 없다. 지금 밥을 먹는 중이라고 하면 제대로 잘 차려 먹긴 하느냐는 의심이 꽂히고, 먹지 않았다고 하면 대체 밥도 안 먹고 뭐냐는 핀잔이 돌아왔다. 어떤 대답이든 엄마를 만족시킬 수는 없었다. 그래서 상황에 맞게 '잔소리를 최소화해서 들을 수 있는 대답'을 내놓는다. 어렸을 때부터 지긋지긋하게 들어온 말이라 귀찮게 여기기만 했는데, 신기하게도 해가 갈수록 그 질문의 의미가 조금씩 다르게 다가온다.

어렸을 때부터 엄마는 밥을 잘 차려 주었다. 새벽에 일어나서 아침 일찍부터 나의 끼니를 차리고 일하러 가는 것이 엄마의 일상이었다. 퇴근 후 녹초가 되어 집에 돌아와서도 저녁을 차렸는데, 나는 그것이 엄마라면 다 그러는 줄 알았다. 마땅히 해야 할 의무라고 생각했으며 단 한 번도 엄마의 그런 삶을 의심해 본 적이 없었다.

다른 엄마들도 상황은 마찬가지였다. 밥 먹을 시간이 되면 저 멀리 베란다에서 "○○야, 밥 먹어!" 하는 소리가 놀이터에 쩌렁쩌렁 울렸다. 끼니때가 되면 세상에서 가장 분주해지는, 엄마들의 삶이란 대개 이런 식이었다.

맛있는 음식으로 가득한 밥상이었지만, 엄마의 잔소리가 절정에 이르는 곳도 밥상이었다. 꼭꼭 씹어 먹어라, 천천히 먹어라, 골고루 먹어라, 조금 더 먹어라…. 밥 한 술을 뜰 때마다 날아오는 엄마의 잔소리는 반찬 가짓수보다 많았다. 그렇게 잔소리를 해 대는 엄마였는데, 정작 나의 진로에 대해서는 말 한마디가 없었다.

돌연 뉴질랜드로 떠나겠다는 선언을 해도, 수강 신청을 하다가 덜컥 휴학계를 제출해도, 잘 다니던 회사를 그만 두고 새 진로를 찾겠다고 해도, 술에 취해 문워크 춤을 춰도 엄마는 아무 말을 하지 않았다. 얼핏 엄마의 눈에 불안함이 스친 것 같았지만, 금세 평정을 되찾은 엄마는 그냥 딱 한 마디만 했다.

"그래서 밥은 먹었어?"

생각해 보면 엄마는 늘 분에 넘치는 밥상을 차려 주었다. 압력밥솥으로 갓 지은 밥맛에 익숙해서, 전기밥솥으로 짓거나 전자레인지에 데운 밥은 특유의 냄새가 나는 것 같아서 입조차 대지 않았다. 식은 밥을 먹은 기억도 거의 없다. 반찬통째로 반찬을 먹은 적도 없었다. 라면 하나를 끓여도 엄마는 꼭 예쁜 대접에 담아 주었다. 라면이 불어 버릴까 하는 조바심을 내보이면 엄마는 라면 하나를 먹더라도 제대로 갖춰 먹어야 한다고 말하곤 했다.

식탁엔 밥과 국을 중심으로 꼭 세 가지 이상의 밑반찬이 올라왔다. 직접 살림을 하면서 깨달은 부분인데, 밑반찬은 '밑'이라는 단어 때문인지 조리 과정이 상당히 과소평가 되어 있는 것 같다. 세상에 손이 덜 가고 쉬운 반찬이란 없다. 아마도 반찬 중에 가장 억울한 순서를 매기자면 다른 반찬과는 비교도안 되게 복잡한 과정을 거치는 김치가 1등일 텐데, 우리 집 식탁에는 무려 두 가지 종류의 김치가 올랐다. 전라도가 고향이라 젓갈 넣은 김치를 좋아하는 엄마와, 그 반대인 나의 취향을 고려해 김장을 두 번 하는 것이다.
콩밥을 먹지 않는다고 잔소리를 하면서도 내 밥은 꼭 따로 안

쳐서 봉곳한 흰 쌀밥을 내어 주었고, 스스로 끼니를 해결해야 하는 방학이 되면 식탁에 간식이나 과일을 올려 두고 출근을 했다. 실컷 늦잠을 자고 일어나 먹는 단정히 깎인 과일은 끝내 주게 달콤했다.

딸내미 때문에 팔자에도 없는 시집살이를 한다며 가끔 한숨을 푹푹 내쉬던 엄마였지만, 그러면서도 절대 허투루 밥상을 차리지 않았다. 기왕 먹을 거면 제대로, 맛있게, 귀하게 여기면서 밥을 먹어야 한다는 것이 엄마의 원칙이었다. 지금이야 아무거나 다 잘 먹지만, 엄마의 융숭한 대접이 익숙해서 나도 모르게 까탈을 부려 고생을 한 적도 있었다.

어디서 이런 이야기를 늘어놓으면 열에 아홉은 '좀 사는 집 애'라고 여기는 눈치인데, 오히려 그 반대였다. 내가 세 살이 되던 해에 아빠가 돌아가셨고 엄마는 어린 나를 홀로 키워야만 했다. 지금으로 치면 '외벌이 워킹맘'인 셈이다. 설상가상으로 그때는 지금처럼 반조리 음식도 많지 않았고, 새벽 배송 시스템도 없을 때라 엄마의 일손을 덜 수 있는 것이 전무했다. 반찬 하나를 하려면 시간을 내어 시장에 가서 식재료를 직접 고르고 다듬어야 했다. 하다못해 돈가스를 만들 때도 고기를 두들겨서 얇게 펴는 과정을 거친 다음, 달걀물과 빵가루를 입혀 기름에 직접 튀기는 수고를 마다하지 않았다.

결혼 이후에 직접 살림을 해 보니 일과 살림을 병행하는 게 얼마나 힘든 일인지 깨달았다. 그렇다고 매일같이 밥을 차리는 것도 아니고 몸이 좀 고되다 싶으면 살림에서 손을 떼는데도 가끔은 힘에 부쳤다. 나에겐 매 끼니를 챙겨야 할 딸도 없고, 배고프면 사다 먹으면 그만인데도 말이다. 옆에는 엄마에겐 없던 든든한 남편도 있고, 일방적인 희생 없이 오로지 내 꿈을 위해 살고 있는데도 불구하고 살아가는 것만으로도 벅찰 때가 있다.

월요일 아침마다 시달리는 월요병에, 간간이 앓는 생리통에, 하고 싶은 것이 많은 욕심에, 이런저런 감정 소모에 지친 하루를 보내면서 엄마도 똑같은 시간을, 아니 나보다 더한 시간을 감내했을 걸 생각하면 가슴이 먹먹해진다. 어쩌면 엄마가 그렇게 열심히 차려 준 밥은 당신을 옥죄고 가능하다면 벗어나고픈, 아주 무거운 돌덩이였을지도 모르겠다. 그럼에도 엄마가 밥을 차리는 이유는 딱 하나였다. 오로지 나였다.

'손맛' '정성' '집밥'이라는 종류의 키워드가 불편해지기 시작한 것도 이런 이유에서다. 이 키워드는 보통 '엄마'와 '모성'을 연상시킨다. 나야 정말 감사하게도 엄마의 손맛과 정성이 담긴 집밥을 먹고 자라왔지만, 성인이 되어서 깨달은 밥상 너머의 희생을 떠올리면 썩 내키지 않는다. 물론 엄마가 어쩔 수 없이 희생을 했다고만 여기기엔 엄마의 순수한 사랑과 모성을 왜곡하지 않을까 하는 염려도 있지만, 이런 키워드가 엄마라는 존재를 상징하고 응당한 역할이나 가족애의 척도가 되어 왔다는 사실을 부정하긴 어렵다.

여성의 사회 진출이 활발해지고 맞벌이 부부가 늘어난 요즘 상황에서 행여나 집밥이라는 명분으로 역할을 강요하거나 혹은 그렇게 하지 못하는 엄마의 죄책감이 당연해지지 않으면 좋겠다. 나는 넘치는 복을 누렸지만, 나의 자식에게도 그렇게 해 줄 자신이 없기 때문이다. 그래도 다행인 건 이전에 비해서는 확실히 인식이 나아지고 있다는 부분일 것이다.

여하간 엄마의 사랑 덕분에 요새 사람치고 요리에 관심도 많고 살림에 애착도 있는 편이다. 엄마가 하는 것처럼 귀찮아도 매번 압력밥솥에 밥을 안친다. 아무리 바빠도 반찬은 접시에 따로 덜어 먹고, 대충 혼자 먹더라도 제대로 갖춰진 식기에 밥상을 차린다. 급기야 먹을거리의 정의가 바로 설 세상이 오길 바라면서 이런 일을 업으로 삼고 있다.

요새 밥은 먹었냐는 엄마의 질문 횟수가 부쩍 줄었다. 오히려 내가 엄마에게 묻는 것이 잦아졌다. 이제 엄마에겐 나의 끼니보다 당신의 끼니가 먼저인 것 같다. 엄마가 이제야 비로소 온전히 당신의 삶에 집중하는 것 같아 반갑기도 하고, 아주 가끔은 그 말이 그립기도 하다. 그래도 엄마는 종종 우리 집 냉장고에 김치가 얼마나 남았는지 확인을 한다. 우리 집 밥상에 당신의 사랑 한 접시를 올리고 싶은 마음은 여전한가 보다. 삼십 년을 넘게 하루도 변하지 않은 사랑이다.

밥은 먹었냐는 엄마의 질문의 의미를 이제는 좀 알 것 같다. 엄마의 사랑도, 밥상도 삼십 년이 넘는 세월 동안 단 하루도 덜한 적이 없었다. 문득 궁금해진다. 오늘 엄마의 밥상에는 어떤 밥에 어떤 반찬이 올랐는지, 간식은 무엇인지. 앞으로는 내가 더 자주 엄마에게 물어야겠다.

"엄마, 밥은 먹었어?"

한여름의
맛

습기로 끈적한 장판 바닥, 무거운 공기를 가르며 회전하는 선풍기를 따라가며 아~ 하고 소리를 내면 아~ 하는 소리가 되돌아온다. 이 기괴한 놀이에 심취할 즈음, 엄마가 토마토가 놓인 둥근 접시를 내왔다.

"설탕 더 뿌려줘."

어휴. 하는 소리도 잠시, 이내 설탕이 수북이 담긴 엄마의 숟가락이 다가와 토마토를 적신다. 토마토의 차갑고 미끄덩한 식감 때문에 단맛만 쪽쪽 빨아서 입 밖으로 뱉고, 다시 입으로 넣는 몇 번의 호들갑을 떨고 나면 비로소 대미를 장식해야 할 순간이 온다. 단 한 방울도 놓칠 수 없다.
이때만을 위해 달지 않은 순간도 참아왔다. 토마토 씨가 잔뜩 떠 있는 설탕 국물 앞에서 행여 한 방울이라도 흐를까, 갑자기 누군가 한입만 달라고 하진 않을까 하는 노심초사도 잠시. 결국 마지막 한 방울까지 야무지게 입안에 털어 넣는다. 그렇게 한여름의 순간을 보내고 나면 어느새 무더운 여름이 무사히 지나갔다.

팥 대신 열대과일이 올라간 다양한 모습의 빙수, 물 건너온 무슨 맛 아이스크림과 젤리, 그리고 각종 디저트까지. 요즘이야 여름을 대표하는 간식이 많긴 하지만, 어릴 적 이맘때 우리 엄마가 준 간식이라고는 토마토, 옥수수, 감자, 수박, 자두 따위가 고작이었다. 그 중 길쭉한 모양의 과일 모양이 그대로 살아 있는 아이스크림은 단연 최고의 간식이었다. 기다란 플라스틱 통에 깍둑 썬 여름 과일과 주스를 넣어 얼리면 완성이다. 가끔씩 엄마가 아이스크림을 얼리는 장면을 포착하면, 삼십 분에 한 번씩 냉동실 문을 열었다 닫았다 하며 냉장고 앞을 떠나지 못했다.

그러나 뭐니 뭐니 해도 여름 최고의 간식은 '설탕을 뿌린 토마토'였다. 설탕을 뿌리지 않은 토마토는 입에 대지도 않던 나와는 달리 엄마는 아무것도 뿌리지 않은 토마토 한 알을 베어 물고 달달하다, 짭짤하다, 시큼하다 등 표현을 참 다양하게도 했다. 그러다 가끔은 밍밍하다며 소금 한 꼬집을 뿌리기도 했다. 옆에서 탐탁지 않아 하던 내가 무슨 설탕도 아닌 소금을 뿌려 먹냐 물으면 엄마는 심심한 토마토의 간이 적당해져서 맛이 배가 된다고 했다.

어느 날 TV 프로그램에서 '토마토에 설탕을 뿌려 먹으면 영양 성분이 파괴된다'는 이야기가 나온 이후, 우리 집에서는 더이상 설탕 뿌린 토마토를 볼 수 없었다. 우연인지 뭔지 희한하게 이즈음 해서 여름 간식의 대명사였던 토마토는 우리네 식탁에서 서서히 모습을 감추기 시작했다. 그 대신 파스타 소스나 케첩, 통조림 등 토마토 가공식품이 다양한 형태로 밥상에 오르기 시작했다.

옛날엔 토마토를 두고 과일이냐 채소냐 하는 것이 화두로 떠오른 적도 있었다. 식물학적으로는 과일이 맞지만, 주로 토마토를 요리에 활용하는 서양에서는 채소로 봐야 한다는 의견이 우세하다. 급기야 1893년 미국에서는 과일은 제외하고 채소에만 관세가 적용되는 법안이 통과되면서 이를 두고 법정 다툼까지 벌이기까지 했다. 결국, 법원은 토마토가 후식으로는 제공되지 않는 점을 들어 토마토를 과일이 아닌 채소라고 판결했다.

과일로 즐겨먹던 어렸을 때와는 달리 요즘엔 토마토를 보통 음식 재료로 사용하기 때문에 많은 이들이 토마토가 채소라는 것에 동의하지 않을까 싶다. 나만 해도 토마토를 과일로 먹는 것보다 요리에 활용하는 경우가 훨씬 많다. 게다가 토마토에는 MSG의 원료인 글루탐산 성분이 있어서 끓이거나 볶으면 감칠맛이 더해지고, 깊은 맛을 낼 때에 꼭 필요한 식재료이기도 하다.

하지만, 토마토의 과채 논쟁과 당과의 상관관계 따위는 내 알 바가 아니었고, 어릴 적 즐겨먹던 설탕 토마토의 추억도 새까맣게 잊고 살았다. 장을 볼 때에도 토마토소스나 케첩을 구입했지만 정작 토마토를 산 경우는 손에 꼽을 정도였다. 이러다 자칫 다음 세대 사람에겐 토마토가 액체나 무슨 향쯤으로만 각인되어 끝내 토마토와 케첩을 구분하지 못할 지경에 이르는 것이 아닐까 하는 걱정이 되기 시작했다.

영국의 스타 셰프 제이미 올리버Jamie Oliver가 진행한 다큐멘터리 「스쿨 디너Jamie's School Dinner」를 보면 이 걱정을 괜한 것이라고 치부하긴 어렵다. 다큐멘터리의 시작은 다소 충격적이다. 학교를 방문한 제이미가 아이들에게 케첩, 프렌치프라이, 코울슬로, 과일맛 우유와 음료 등의 가공식품과 그 원재료인 토마토, 감자, 옥수수 등의 채소를 짝지어 보라고 요청했다. 그런데 보고도 믿지 못할 일이 벌어졌다. 아이들 대부분이 난감한 표정을 지으며 오답을 외치거나 급기야 몇몇은 대답을 주저했다. 케첩을 앞에 두고도 토마토를 떠올리지 못한 것이다.

가공식품 위주의 급식이 익숙해진 아이들은 채소와 과일이 낯설게 느껴진 것이다.

오랫동안 영국의 바른 식생활 문화 정착을 위해 애써온 제이미는 이 상황을 보고 참담한 표정을 감추지 못했다. 결국 제이미는 아이들에게 채소와 과일의 성장 과정을 직접 보여 주기 위해 학교 안에 텃밭을 조성했고, 다양한 형태의 식생활 교육을 시작했다. 가공식품 위주로 구성된 식단을 샐러드나 직접 만든 요리로 대체할 수 있도록 관계자를 설득했다. 달고 짠 자극적인 맛에 길들여져서 심심한 요리를 거부하던 아이들이 점차 급식을 즐겨 먹기 시작했다.

생각해 보니 나도 어렸을 때 딸기'향' 우유, 멜론'맛' 아이스크림, 바나나'향' 사탕 등 합성착향료나 인공감미료로 색과 맛을 낸 것들을 즐겨 먹었다. 어렸을 때는 진짜 딸기보다 딸기향 우유나 아이스크림이 더 맛있다고 생각한 적도 있었다. 요리 대부분이 가공식품으로 대체된 영국의 상황까지는 아니더라도, 우리의 상황도 크게 다르진 않다. 이미 손질되어 깨끗하게 포장된 채소나 가공식품의 종류가 다양해진 마당에 땅속 깊이 박힌 뿌리와 식재료 본래의 모습을 떠올리는 것이 예전처럼 당연한 일이 아니게 된 것이다.

이런 경험을 떠올리고 보면 어쩌면 토마토의 과채 논쟁이 식문화 역사상 굉장히 생산적인 토론이 아니었나 싶다. 이렇게 말하는 우리 집 밥상 상황도 토마토보다 토마토소스가 우세한 건 마찬가지였다. 그러다 토마토가 화려하게 부활하게 된 계기가 있었다. 나는 이를 '설탕 뿌린 토마토의 기적'이라 칭한다.

이 기적은 7년 전으로 거슬러 오른다. 당시에 회사에서 '제철 농산물 꾸러미 사업'을 담당하고 있던 때였다. 무려 25주간 쉬지 않고 꾸려지는 농산물을 소비자에게 보내는데, 토마토가 한창이던 여름이 큰 문제였다. 토마토를 두고 '따도 따도 또 난다'는 생산자와 '먹고 먹어도 쌓인다'는 소비자 사이에 끼어 꽤나 애를 먹었다.

6월부터 8월까지 거의 매 수간 그랬으니 사실 양측의 상황 모두 이해가 되었다. 하지만 담당자로서 중재할 묘책을 생각해야 했다. 살림에 서툴기만 한 내가 할 수 있는 건 온라인에 떠돌던 토마토의 요리법을 퍼다 나르는 것밖엔 없었다. 지지고, 볶고, 짜고, 으깨고, 끓이는 등 국적 불문의 각양각색 요리법을 꾸러미 상자 안에 넣기 시작했다.

"제때 나는 걸 제때 먹으면 굳이 지지고 볶고 할 것도 없어요. 많이 난다는 건 그만큼 맛있을 때라는 거지요. 영양가가 오를 대로 오른 토마토 한 알이면 이 더운 여름도 거뜬히 나게 할 보약과 마찬가지인데….”

이번 주엔 또 어떤 요리법을 넣어야 할지 고뇌하는 나를 보며 생산자 대표님이 말했다. ‘대표님, 지당한 말씀이지만, 토마토만 먹기엔 이 여름엔 맛있는 게 너무 많아요.’ 이 대답이 목구멍까지 차올랐지만 겨우 밀어 넣었다. 이를 보내는 생산자의 마음도 가볍지만은 않을 거란 생각이 들어서였다.
무거운 마음을 뒤로하고 집으로 가는 길에 갑자기 좋은 생각이 떠올랐다. 마침 그사이 영혼까지 갈아 넣은 요리법도 바닥이 난 참이었다. 다음날 나는 될 대로 되라는 심정으로 상자 안에 메시지를 넣었다.

토마토를 네 조각으로 내어 설탕을 술술 뿌려 드세요. 아이에게도 주시고요. 설탕을 넣으면 영양소가 파괴된다고 하지만, 추억으로 맛있게 먹으면 없던 영양소도 생길 거예요. 음식은 추억 맛으로 먹는다고도 하잖아요. 아니면 소금을 아주 살짝만 뿌려 드셔 보세요. 저희 엄마는 그게 제일 맛있다고 하셨어요.

꾸러미를 받는 사람들 모두가 설탕 토마토의 추억을 간직하고 있던 걸까. 다양한 요리법을 아무리 보내도 퉁명하기만 하던 소비자의 반응이 그 어느 때보다 폭발적이었다. 추억의 맛을 보게 해 주어 고맙다는 말도 들려왔다. 생산자와 소비자 사이에서 힘들어하던 차에 이 말은 마치 설탕 뿌린 토마토가 내린 기적과 같았다.

요새는 뽀득한 식감을 자랑하는 흑토마토, 짭짤한 감칠맛이 나는 대저 토마토, 흡사 설탕을 뿌린 맛과 비슷하다는 단마토까지 다양한 종류의 토마토를 쉽게 볼 수 있다. 이후로 여름이 되면 우리 집엔 늘 토마토가 있다. 토마토'맛'이 아닌 진짜 토마토를 즐길 계절이었다.

토마토 '맛' 대신 진짜 토마토를 즐겨요
글로 배우고, 내 멋대로 옮겨 적은
토마토 요리 백과

- 쫄면이나 비빔면에 토마토를 넣어 먹으면 매콤함 사이에서 맛의 포인트가 됩니다. 콩국수에서는 그 진가가 더욱 드러나는데 콩국의 심심한 맛으로부터 짭조름함을 느낄 수 있습니다.

- 무언가 재료를 볶을 일이 있을 때는 겸사겸사 토마토를 구워 보세요. 토마토는 구우면 더 고급스러운 맛을 냅니다. 열을 가한 토마토는 음미할수록 달고, 짜고, 시큼한 맛이 더 분명하게 느껴지거든요. 그 이유는 토마토엔 MSG의 주원료인 글루탐산 성분이 있기 때문이라고 합니다. 그래서 카레에 넣으면 더 맛있어집니다.

- 토마토는 올리브유와 단짝을 이룹니다. 소금과 후추, 허브 가루, 그리고 토마토에 올리브유를 넣어 설설 비비면 간단하면서도 맛있는 안주가 됩니다.

- 사실 토마토가 지천인 이 여름엔 그냥 한입 크게 베어 먹는 것이 최곱니다.

시트콤과
과일 한 접시

용감하게 큰소리 질러 봐~

익숙한 노랫말이 들리면 하던 일을 멈추고 텔레비전 앞에 후다닥 앉았다. 시트콤 「웬만해선 그들을 막을 수 없다」를 보기 위해서였다. 극 중 인물인 노흥렬이 옆집에 놀러 갔다가 볼일을 참다못해 결국 그 집 유아용 변기에 일을 보고, 결국 다음 날 변기에 귤을 담아 되돌려 주었다는 에피소드는 20년이 지난 지금도 기억이 날 정도다. 이렇게 유독 재미있던 에피소드는 다음 날 등교를 하자마자 나누는 친구들과의 대화에서도 꼭 빠지지 않고 등장했다. 방영 중 간간이 들려오는 어색한 박수와 웃음소리에 나도 따라 웃었고, 극의 전환을 알리는 짤막한 시그널이 울리면 함께 숨을 고르곤 했다.

지금은 낯선 장르이지만 어릴 때는 시트콤을 보는 재미가 나름 쏠쏠했다. 초등학교에 입학한 해에는 일요일 아침마다 「LA

아리랑」을 보기 위해 일찍 일어났고, 중학생부터 고등학생 때까지는 「순풍산부인과」와 「웬만해선 그들을 막을 수 없다」를 보려고 힐레벌떡 귀가했다. 성인이 되어서는 '하이킥 시리즈'를 보면서 여전히 시트콤에 열광했다.

도대체 왜 그렇게 시트콤을 좋아했을까. 사실 그때는 학교가 끝나면 친구들과 노는 것 외에는 딱히 할 일이 없기는 했다. 지금처럼 다양한 종류의 학원이 있는 것도 아니었고, 그나마 학원이라고 있던 것이 속셈학원이나 종합학원이 전부였던 시절이라 저녁 여섯 시가 되면 모든 일과를 마칠 수 있다. 그래서 저녁 아홉 시쯤에 방영하는 시트콤을 하루도 빠지지 않고 제시간에 볼 수 있던 것이다. 지금 다시 보면 배우의 어색한 연기와 생뚱맞은 러브라인, 억지스러운 전개가 난무하지만 아무 생각 없이 목 놓아 웃기엔 사실 그만한 것도 없었다. 자극적이지 않고 단순한 소재인데도 방바닥을 떼굴떼굴 구르면서 얼마나 웃었는지 모른다.

그런데 시트콤만큼이나 기다렸던 것이 또 하나 있었다. 그건 곱게 놓인 과일 한 접시였다. 저녁을 그렇게 배부르게 먹고도 희한하게 저녁 아홉 시가 되면 꼭 출출해졌다. 이런 내 맘을 알아차렸는지 엄마는 큰 쟁반에 과일 몇 알을 들고 와서 시트콤을 보는 내 옆에 자리를 잡았다. 그때는 과일이라고 해 봐야 겨울이면 사과나 귤, 여름에는 토마토가 고작이었지만 정말 맛있게 먹었다.

그리고는 곧 전학을 간다는 친구에 대해, 미혼인 담임 선생님의 결혼에 대해, 학교 근처에 새로 생긴 분식집에 대해 물어왔다. 시트콤 보랴 과일 먹으랴 정신없던 와중에도 나는 엄마의 물음에 꼬박꼬박 대답했다. 매점에 새롭게 들어온 간식이나 고등학교 배정 방식 등에 대한 새 소식을 업데이트하는 것도 잊지 않았다. 시트콤이 끝나면 엄마는 널브러진 과일 껍질과 접시를 정리했고, 나는 그제야 잘 준비를 했다. 시트콤이 끝나면 나의 하루도 끝이 났다.

고등학생이 되어서는 야간자율학습 때문에 도통 시트콤을 보기가 어려워졌다. 말이 자율이시 사실상 특별한 이유가 없는 한 반 친구들 대부분이 늦은 시간까지 학교에 남아 있었다. 그렇다고 오랫동안 나의 저녁을 책임져 온 시트콤을 포기할 수는 없었다. 그래서 일주일에 두세 번은 선생님 몰래 일찍 학교를 나섰다. 엄마는 혹시 담임 선생님이 뭐라고 하지 않을까 싶어 노심초사하며 공부는 언제 할 거냐고 타박했지만, 시트콤에 정신이 팔린 내게 어김없이 과일을 깎아 주었다.

문제는 머리 좀 컸답시고 엄마와의 대화를 귀찮게 여기면서부터 시작됐다. 예전처럼 학교나 친구에 관한 소식을 전하는 것도 그만두었다. 괜히 입을 잘못 놀렸다가는 성적과 대학 그리고 진로로 이어지는 잔소리 레퍼토리가 불 보듯 뻔했기 때문이다.

오로지 텔레비전만 응시하며 시큰둥한 나를 옆에 두고 엄마는 성적은 괜찮은지, 그 아무개 친구는 잘 지내는지에 대해 끊임없이 물었으나 아무 대답도 하지 않았다. 게다가 학교 후문에서 파는 천 원짜리 푸짐한 탕수육, 즉석 깻잎 떡볶이, 핫도그 등으로 이미 배를 채운 터라 엄마가 깎아 주는 과일 따위가 달가울 리 없었다.

"아휴, 무슨 사과야. 아까 떡볶이 먹고 왔어. 안 먹을래."

그러면 엄마는 고구마나 옥수수를 내오기도 했는데 나는 눈길조차 주지 않았다. 어떨 땐 스스로도 너무하다 싶긴 했는지 가끔은 엄마의 이야기를 듣는 척도 하고, 텔레비전을 응시한 채 접시를 더듬거리는 시늉도 했다. 그러나 그날 저녁 예쁘게 속살이 드러난 사과는 다음 날 아침 갈색이 되어서야 엄마의 입으로 들어갔다.

성인이 되면 덜하겠지 싶던 시트콤 사랑은 대학에 가서도 마찬가지였다. 다만 이전과 다른 것이 있다면 재방송을 보거나 온라인으로 다운을 받아서 한 번에 몰아봤다는 점이다. 동아리 활동이나 친구와의 약속 등으로 부쩍 밖에서 보내는 시간이 많아졌을 뿐 아니라, 그 사이 온라인 기술도 발달해서 제시간에 보지 않아도 언제든 볼 수 있기 때문이다.

한참을 놀다가 밤이 늦어서야 집에 들어가면 엄마는 텔레비전 앞에서 끔뻑끔뻑 졸고 있었다. 텅 비고 어두운 방에서 텔레비전만 재잘거린다. 채 몇 평 되지 않는 좁은 집인데도 일하는 엄마와 대학생 딸내미 간의 거리가 몇 발자국은 더 멀어진 것 같았다. 그렇게 점점 식탁에서 엄마와 마주할 시간이 줄었고 끝내 간단한 대화조차 나누지 않게 되었다.

졸업 즈음이 되자, 친구 누구는 어느 기업에 연봉 얼마를 받고 입사했다는 소식이 들리기 시작했다. 형편이 넉넉한 후배는 유학을 가거나 계속해서 학업을 이어가기로 했다는 이야기도 접했다. 그에 비해 이렇다 할 이야깃거리가 없던 나는 아무 말도 하기가 싫었다.

애써 괜찮은 척하며 친구에게 축하 인사를 건네던 날 밤에는 식탁에 덩그러니 놓인 엄마의 과일 접시를 보고도 외면했다. 공부는 잘 되어 가느냐는 엄마의 말에 언젠가 한 번은 불같이 화를 내기도 했다. 그렇게 시트콤과 과일 한 접시를 기다리던 저녁 아홉 시는 어느새 별일 없는 하루를 불안해하면서 애써 잠을 청하는 시간이 되어 버렸다. 그즈음부터 텔레비전에서도 시트콤을 볼 수 없었다. 그렇게 시트콤과 과일 한 접시가 일상으로부터 슬그머니 모습을 감추었다.

저녁 아홉 시라는 시간은 나와 엄마에게 서로 다른 의미였다. 시트콤을 보고 과일을 먹는 시간이라고 여기던 나와는 달리, 일하느라 고된 하루를 보낸 엄마에겐 하루 중 딸과 마주할 수 있는 유일한 시간이었다. 아마 다른 집도 마찬가지였을 거다. 하루를 마무리하기 전에 시트콤을 핑계로 텔레비전 앞에 모여 이야기를 나누거나 과일이나 간식을 나눠 먹으면서 말이다. 평소엔 근엄한 아빠들도 시트콤 앞에선 옅은 웃음을 보이며 하루의 피로를 풀었을 것이다.

얼마 전, 우연히 시트콤이 사라진 이유에 관한 기사를 보았다. 기사에서는 달라진 방송 제작 환경, 소재 고갈, 매체의 변화 등으로 인해 시트콤이 사라졌다고 했지만, 여기엔 한 가지 더 중요한 이유가 있다고 했다. 그건 바로 '가족의 시간'이 사라졌기 때문이라고 한다. 과거엔 저녁 일곱 시에서 아홉 시 사이는 온 가족이 둘러앉아 텔레비전을 시청하던 시간대였는데, 갈수록 이런 문화가 사라지면서 화제성과 시청률이 떨어진 시트콤이 사라졌다는 것이다.

보고 즐길 것이라고 해 봐야 텔레비전을 보는 것이 고작이던 때라 그런지, 생각해 보면 그때는 가족 모두가 모여 둘러앉아 과일을 깎아 먹는 일이 워낙 흔한 일이긴 했다. 가족 모두가 모여 있어도 각자 휴대 전화를 보거나 게임을 하는 등 가까이 앉아도 얼굴은 마주하지 않는 것이 익숙한 지금 떠올리면 정겨운 풍경이 따로 없다.

그리고 무엇보다 시트콤의 전성기가 IMF 경제 위기를 겪고 있던 때라는 것을 감안하면, 시트콤은 살기 팍팍한 우리네 일상에서 잠시나마 근심을 내려놓고 가볍게 웃을 수 있는 즐거움이자 유희이지 않았나 싶다.

시트콤만이 유일한 즐길 거리였던 그때에 비해 지금은 더 다양한 콘텐츠를 풍족하게 누리고 산다. 하지만 아주 가끔은 텔레비전 앞에 놓인 과일 한 접시와 드문드문 이어진 엄마와의 대화, 그리고 우리를 웃게 만든 시트콤이 그리운 것은 어쩔 수가 없다.

최근엔 옛날 시트콤을 다시 볼 수 있는 동영상 플랫폼 채널이 인기를 끄는 중이라고 한다. 그 이유는 아마도 시트콤을 보고 자란 세대에겐 과거의 향수를, 그렇지 않은 다른 세대에게는 자극적이지 않은 무공해 웃음을 주기 때문이 아닐까 싶다.

생각난 김에 나도 오늘 밤엔 시트콤 채널을 무한 반복해서 재생해야겠다. 그리고 엄마만큼은 아니지만, 과일을 꽤 잘 깎는 남편에게 과일 한 접시를 부탁해야겠다.

나는 엄마의 김치를
오래도록 먹고 싶다

"3mm가 더 자랐어요. 이건 조직 검사를 해 봐야 해요."

엄마를 쳐다보기도 전에 내 얼굴이 먼저 일그러졌다. 물론 이 상황도 몇 가지 예상지 중 하나였다. 하지만 무슨 이야기를 듣게 되든 보호자로서 의연하게 행동하라던 남편의 신신당부는 잊은 지 오래다. 역시 예습은 실전이 아니다.

집으로 돌아서는 발걸음이 쇳덩이처럼 무거웠다. 머릿속은 마치 파도에 휩쓸린 모래성처럼 왠지 모르게 고요했지만 처참했다. 이번에도 괜찮다고 한 2년 뒤에나 보자는 진단을 받고 나면 오후엔 엄마와 쇼핑도 하고 카페에 앉아 밀린 수다를 떨 생각이었다. 엄마만 못 본, 남들은 다 봤다던 영화를 보려고도 했다. 하지만 말 한마디로 그날의 꿈은 깨져 버렸다.

2년 전 엄마는 종합 건강검진에서 췌장에 있는 혹이 발견되었고, 입원까지 해서 치른 검사 끝에 '낭종(일종의 물혹)'이라는 진단을 받았다. 의사는 췌장은 다른 장기에 비해 특수한 부위라 앞으로 주의 깊게 지켜봐야 한다고 했다. 그 이후로 6개월에 한 번, 1년에 한 번 텀으로 추적 검사를 했다. 다행히 혹에 변화가 없어서 검사 주기가 늘어나는 듯싶더니 세 번째 검사에서 기어코 일이 이렇게 된 것이다. 속이 바싹 타 있는 내게 남들은 왜 그렇게까지 걱정이냐고 했다. 만에 하나 경과가 좋지 않으면 의사가 하라는 대로 하면 된다며 말이다.

어린 시절부터 엄마와 단둘이 지내면서 나는 유난히도 엄마의 부재를 두려워했다. 비가 오는 날이면 할머니 집에 나를 맡기고 빗속으로 황급히 사라지던 엄마의 뒷모습이 가끔씩 생각난다. 어렸을 때는 자다가 일어나서 내 곁에서 자고 있는 엄마의 모습을 확인해야만 맘을 놓는 밤도 예삿일이었다.
그러다 21살이 되던 해, 뉴질랜드로 떠나기까지 얼마나 큰 고통과 각오가 필요했는지 이 유별난 감정을 완전히 이해할 사람은 아마 없을 것이다. 뉴질랜드에서 한국으로 돌아온 나는 별 탈 없이 지냈다는 안도와 동시에 이제야 비로소 엄마와의 정상적인 애착 관계가 형성됐다는 성취감이 들기도 했다. 이젠 결혼도 하고 완전히 독립해서 잘 지내고 있지만, 3년 전 검진 날 이후로는 엄마를 떠올리면 가끔 가슴이 답답해졌다.

결과를 기다리기까지는 3주의 시간이 있었는데, 그 사이에 결혼기념일을 맞았다. 사실 전혀 예상하지 못했던 터라 한참 전에 여행 일정을 잡고 모든 예약을 마친 상태였다. 이런 상황에서 일정을 취소해야 할지, 아니면 무거운 마음을 안고서라도 강행해야 할지 결단이 필요했다. 결국 괜한 기운이 닿을까 싶어 예정대로 여행을 떠나기로 했다. 마치 아무 일도 없는 것처럼 말이다.

꾸역꾸역 떠난 여행이라 맘도 편치 않은데 설상가상으로 리조트 음식도 영 별로였다. 음식을 입에 대기가 싫었다. 그렇게 좋아하는 맥주도 맹맹하게 느껴졌다. 그래도 파란 하늘 아래, 맑은 물과 새하얀 모래가 부딪히는 소리에 잠시 기분이 좋아졌다.

'아, 엄마 김치 딱 한 점만 먹고 싶다.'

끈적한 바람 밑에 잠과 술기운 사이 어딘가에서 별안간 엄마의 김치가 생각났다. 맥주 한 모금, 두 모금에 취기가 더 빠르게 돌았다. 의식은 더 깊고 진한 곳에 누워 지인의 고추 장아찌 이야기를 떠올리고 있었다.

엄마를 보내 드리고 집에 가니까 냉장고에 고추 장아찌가 있더라고. 엄마가 몇 달 전에 담갔다고 맛이 들면 맛있겠다고 했거든. 그런데 그걸 차마 먹을 수가 없더라. 그걸 먹어 없애 버리면 엄마가 이 세상에서 진짜 사라진 것 같은 느낌이 들까 봐서. 결국 허연 곰팡이가 피고 곰삭을 때까지 뒀어. 그렇게 버렸어. 그때 왜 그걸 먹지 않았는지, 십 년이 지난 지금은 그렇게 후회스러울 수가 없어. 아마 하늘에 계신 엄마도 내가 그걸로 맛있는 밥 한 끼 먹길 바라셨을 텐데….

어렸을 때 왜 엄마들은 그렇게 손도 많이 가고 시간이 배로 드는 음식을 하는 건지 싶었다. 특히 김치가 그랬다. 학교를 마치고 집에 가면 현관에서부터 매운 냄새가 코끝을 찌르는 날이 있었다. 엄마는 눈이 벌게지도록 소금으로 배추를 벅벅 문지르고 매운 냄새가 진동하는 김칫소를 만들었다. 그러다 내 입에 넣어주곤 했는데 내가 짜다, 달다, 싱겁다, 솔직하게 대답하면 엄마는 "그래? 에이 아냐, 지금이 딱 좋아!"하면서 장갑을 벗었다. 그럴 거면 대체 왜 물어봤냐며 엄마를 흘겨보면서도, 갓 지은 밥과 기름기 좔좔 흐르는 수육 그리고 새 김치가 오를 그날의 밥상을 애타게 기다렸다.
그런데 하필 이 머나먼 곳에서, 그것도 기뻐야 할 결혼기념일에 그때 그 밥상이 왜 자꾸 떠오르는 건지…. 꿈인지 술기운인지 모를 상태에서 엄마의 김치 담그던 모습도 점차 흐려졌다. 정신을 차리고 눈을 떠보니 바닷바람은 더 끈적해졌고 해가 뉘엿뉘엿 지고 있었다. 한국으로 돌아가는 날이 밝자마자 서둘러서 짐을 쌌다.

"△△△님 보호자세요? 이쪽으로 오세요."
"×××님 보호자분? 이쪽으로….'

검사 결과를 듣기 위해 대기하면서 방금 호명한 △△△님이나 ×××님의 보호자가 나였으면 좋겠다고 생각했다. 피식 웃음이 났다. 몸뚱이만 컸지 나는 아직도 겁 많은 애였다. 하여간 엄마보다 먼저 들어간 사람들은 이미 호명된 것 같은데 미칠 노릇이었다. 시간이 흐를수록 손끝이 점점 흐려지는 것만 같다. 온도가 색이라면 내 손가락은 이미 다 타서 없어졌을지도 모를 일이다. 그렇게 한 시간이 흘렀다.

"○○○님 보호자분? 이쪽으로 오세요."

자동문이 열리더니 검사를 막 끝내고 비몽사몽 하는 엄마가 보였다. 간호사의 안내에 따라 엄마의 손을 꼭 잡고 의사가 기다리는 방으로 들어갔다. 다행히 의사는 이전과 같은 혹이며,

지금으로선 다른 장기의 기능을 방해하거나 나쁜 변화의 가능성은 없어 보인다고 했다. "혹시 너무 많이 먹어서 혹이 커진 건가요?" 하는 엄마의 엉뚱한 질문에 한 달간 경직돼 있던 나의 입가에 웃음이 번졌다. 그제야 엄마도 활짝 웃었다.

"엄마. 정말 걱정 하나도 안 했어? 솔직히 나는 얼마나 걱정했는지 몰라."
"에이, 아예 안 했다는 건 거짓말이지! 하긴 했는데 그냥 괜찮았어. 아픈데 하나 없는데 뭘. 엄마를 믿었지 뭐."

엄마의 말을 듣자마자 그렁그렁 차오르는 눈물을 보이지 않으려 얼마나 애를 썼는지 모르겠다. 자신을 믿었다는 말 한마디에 엄마의 모진 세월이 스쳤다. 시선을 아래로 떨궈 눈물을 겨우 감췄다. 나이에 비해 풍파를 일찍이, 자주 겪은 엄마의 원동력이 바로 '자신을 믿은 힘'이었다니. 자기계발서에서 봤으면 아마 뻔한 레퍼토리라고 비웃었을 텐데, 그게 엄마의 원동력이었다고 생각하니 감동과 안도 그리고 형언할 수 없는 복잡한 심경이 눈에 그득그득 들어찼다.

별안간 엄마가 김치를 담그던 그날이 더 맵고 진하게 떠올랐다. 매운 고춧가루 냄새에 쏟아지는 눈물 콧물을 닦다가 나와 눈이 마주치면 엄마는 잽싸게 고개를 떨궜다. 그리고는 있는 힘을 다해 배추를 벅벅 문질러 댔다. 마치 무언가를 잊고 싶어 하는 사람처럼. 어쩌면 그날은 엄마가 감당하지 못할 일이 있는 날이었을지도 모른다. 목 놓아 울고 싶지만 차마 딸 앞에서 그럴 수는 없는 날이었을지 모른다.

그렇게 엄마의 근심이 버무려진 김치는, 어느 해는 열무, 얼갈이, 달랑무, 순무, 갓, 배추 등 유독 다양하게 밥상에 올랐고, 또 어느 해는 그냥 배추김치만 오르기도 했다. 양파를 갈면서, 매운 김칫소를 버무리면서 어쩌면 엄마는 눈물을 흘릴 핑계를 찾고 있었는지도 모른다. 김치가 엄마의 일상을 지켜 준 것이다. 엄마를 향한 안도와 존경으로 눈물이 찬찬히 말라갔다. 이제 나도 엄마처럼 당신을, 그리고 나를 믿으면 될 일이다.

"이거 집에 가자마자 냉장고에 넣어. 어디 들르지 말고 바로 집으로 가. 응? 김치 쉰다."

자신을 믿어서 걱정 하나 없다던 엄마는 이번에도 결국 김치를 담갔다. 엄마와 헤어지고 김치를 들고 집으로 가는 길. 다른 날이었으면 분명 다른 길로 샜을 건데 이날은 엄마의 당부대로 곧장 집으로 왔다.

신발을 던지다시피 하고 부엌으로 직행했다. 여행 내내 그토록 그리워하던 갓 한 줄기를 꺼내어 입에 넣었다. 알싸한 갓 향이 입안에 퍼졌다. 냉장고를 열어 보니 엄마가 담가 준 김치가 잔뜩이다. 또 웃음이 났다.

고춧가루에 당신의 근심과 걱정을 몽땅 넣어 버무리는 것이 엄마가 살아온 방식이라면, 냉장고가 터져 나가도 나는 엄마의 김치를 마다하지 않을 것이다. 언젠가 한번은 남편이 장모님께 김치 담그는 방법을 물어 직접 담가 보자고 했다. 절레절레 고개를 저었다. 나는 엄마가 담가 주는 김치를 오래도록 먹고 싶다.

저녁 메뉴 정하셨어요?

나는 '시작이 반이다'라는 말을 좋아하지 않는다. '반'이라는 시작을 위해 바락바락 애를 쓰느라 고생한 기억만 남았기 때문이다. 시작을 두려워하지 않던 내가 어느새 시작조차 하지 않는 사람이 되고 만 것이다. 그런데 이번엔 달랐다. 직업 특성상 생산자와 소비자를 자주 만나면서 느낀 생각을 엮은 몇 편의 글이 어느새 이 책의 '반'이 되어 있었나. 그리고 일 년이 지난 지금은 드디어 이 책의 마지막장을 쓰고 있다.

글감을 떠올리는 내내 불안과 회의가 교차했다. 밋밋한 나의 문장이 누군가의 마음에 닿기나 할까 하는 걱정이 들었고, 먹을거리에 대한 책이나 기사를 유심히 보면서는 대체 이 책 한 권이 무슨 소용일까 하는 불안도 밀려왔다. 그럼에도 도시와 농촌에서 고군분투하는 사람들을 떠올리면서 마음을 다잡았다. 겹겹이 쌓인 탓에 겉으로 보이지는 않지만, 좋은 먹을거리를 위해 단단해서 깨지지 않을 것 같은 틀에 맞서는 사람들이 존재하기 때문이다.

택배로 보낸 김치가 잘 갔나 싶어서 밤잠을 설쳤다는 이오목 여사는 내 인생 최고의 맛과 추억과 기쁨을 선물해준 우리 엄마다. 고맙고 사랑한다. 안 그래보여도 뼛속까지 외로움을 타고난 나를 채워주는 친구들, 바쁘다는 핑계로 자주 찾아뵙지 못하는 나를 응원해준 양가 가족에게도 감사를 전한다. 부족한 나를 끌어주고 책 출간이라는 평생 꿈을 이루게 해준 〈지식인하우스〉와, 내 문장에 거름을 뿌려준 모든 생산자분, 7년 동안 나를 따뜻하게 품어준 한살림의 동료에게도 글로나마 감사의 마음을 전한다. 마지막으로 글 좀 쓴답시고 예민해진 나에게 들들 볶인 남편 이희진에게 이 벅찬 마음과 사랑을 전한다.

아마 이 책이 나올 때쯤이면 나는 새로운 도전에 정신없는 나날을 보내고 있을 지도 모르겠다. 좋은 먹을거리의 가치와 열정을 동글린 빵을 준비하면서 말이다. 이 책을 끝까지 살펴준 당신께도 직접 구운 맛있는 빵을 전할 그 날만을 손꼽아 기다리며.

식탁의 위로

밥 한 끼로 채우는 인생의 허기

1판 1쇄 인쇄 2020년 07월 15일
1판 1쇄 발행 2020년 07월 22일

지은이 최지해
펴낸이 안종남

펴낸 곳 지식인하우스
출판등록 2011년 3월 31일 제 2011-000058호
주소 04035 서울시 마포구 양화로7길 55(서교동) 신양빌딩 201호
전화 02)6082-1070
팩스 02)6082-1035
전자우편 book@jsinbook.com
블로그 blog.naver.com/jsinbook
페이스북 facebook.com/jsinbook
인스타그램 @jsinbook

ISBN 979-11-90807-10-4 03810